Vollmordnacht

Sylvia Schwarz
Vollmordnacht

Bibliografische Information der Deutschen
Nationalbibliothek: Die Deutsche Nationalbibliothek
verzeichnet diese Publikation in der Deutschen
Nationalbibliografie; detaillierte bibliografische
Daten sind im Internet über dnb.dnb.de abrufbar.

© Sylvia Schwarz 2023
Herstellung und Verlag:
BoD – Books on Demand, Norderstedt

ISBN: 978-3-7460-2520-9

Kapitel 1

„Manche Nächte sind so hell, da werfen sogar die Häuser Schatten." Sie ließ den Blick über das verschlafene Dörfchen streifen. Nicht bloß die Häuser warfen Schatten. Die Bäume, die Autos, die Laternen. Die Büsche und Sträucher warfen Schatten. Der Vollmond kroch hinter dem Rabenkopf, dem Berg links der Benediktenwand, hervor und tauchte die Welt in ein Dämmerlicht. Manchmal zog Candice früh am Tag die Rollläden hoch, in der Annahme, es graute der Morgen bereits, dabei war es das Licht eines Vollmondes, das sie in die Irre führte.

Diesmal war es eine vorgetäuschte Abenddämmerung. Die Sonne war vor etwa einer halben Stunde untergegangen und der Himmel längst grau, abgesehen von einem hellblauen Streifen im Westen. Der hellste Himmelskörper war zweifellos der Vollmond, der, einem kreisrunden Käselaib gleich, sacht orange schimmerte.

„Nutzen Sie diese einmalige Gelegenheit und schauen Sie Sternschnuppen", riet der Wetterfrosch vom dritten Programm. „Bis zu fünfzig, sechzig Sternschnuppen pro Minute sind zu erwarten und wer sich diese Chance entgehen lässt, muss ein ganzes Jahr bis zum nächsten Perseidenschauer warten, um annähernd diese Zahl an kosmischen Wundern zu erleben."

Nicht bei diesem Licht. Der hellste Stern, meinte das Internet, sei heute der Jupiter. Allerdings gehörte Jupiter zu den Planeten, nicht zu den Sternen, das wusste Candice genau. Außerdem behauptete eine andere Seite, es sei der Saturn, der im Südosten so hell stand, denn der Jupiter käme erst eine Woche später über den Horizont. Dem Internet war nicht zu trauen.

Sie klappte den Deckel ihre Tablets zu und versank für einen Moment tatsächlich in Dunkelheit. Es dauerte, bis sich ihre Augen an die Nacht gewöhnt hatten. Unter dem Kastanienbaum in ihrem Garten hörte Candice den Igel schmatzend und rülpsend die Sonnenblumenkerne schmausen, die die vorwitzigen Spatzen tagsüber aus dem Futterhaus geworfen hatten.

Ringsum reckten die Bäume ihre kahlen Äste gen Himmel. Es war der zwölfte August und es war kalt. Candice fröstelte, obwohl sie sich eine Wolldecke um die Schultern gelegt hatte. Zwölf Grad waren für Mitte August einfach zu wenig. Der Klimawandel machte sich in diesem Jahr nicht bemerkbar, allerdings behaupteten andere Leute, genau dieses kalte Wetter sei eine Folge des Klimawandels.

Ein Windhauch strich über ihre Terrasse. Die Überdachung aus Sicherheitsglas hatte ihre Topfpflanzen vor dem schlimmsten Unwetter seit Jahren geschützt, das vor zwei Wochen übers Dorf gezogen war. Seitdem waren die meisten Bäume kahl wie im Winter, viele schwache Stämme sogar abgeknickt und die Autos reihum sahen aus wie nach einem Angriff. Tiefe Dellen in den Dächern und Motorhauben, manchmal sogar gesprungene Scheiben. Entlaubte Bäume und Büsche, flachgelegte Ziergräser und zerzauste Bambuspflanzungen. Ihr Chinaschilf musste frühzeitig abgeschnitten werden, es hatte braune Blätter wie im späten Herbst bekommen. An manchen Häusern trugen die

Dachfenster nun Sprünge, so schlimm war der Hagel niedergeprasselt. Ihre Dachziegel und Dachfenster waren zum Glück heil geblieben und sogar die Solaranlage für das Heißwasser war unversehrt.

Die Kirchturmuhr schlug zehn. Seit dem Sturm ging sie völlig falsch, mal ging sie deutlich vor, mal hinkte sie kräftig nach, und wenn die Glocke schlug, dann immer zehn Uhr, aber es durfte niemand auf den Turm steigen, um die Zeiger richtig zu drehen und nach dem Uhrwerk zu sehen. Die heftigen Orkanböen hatten den Kirchturm, der ohnehin auf viel zu weichem Untergrund stand, in drastische Schieflage gebracht und einzig den Fledermäusen war es erlaubt unters Dach einzufliegen.

Das zuständige Landratsamt forderte wegen Einsturzgefahr den sofortigen Abriss, der Kirchenrat überlegte, ob es eine Möglichkeit zur Reparatur gab, die das schmale Budget nicht völlig überlastete. Erste Freiwillige hatten Spenden angetragen, eine Bank richtete ein Konto dafür ein. Nein, Candice gab keinen Betrag für die Erhaltung des Kirchturms, egal wie oft Cordula vom Kirchenrat lästig nachfragte. Ihr wäre es lieber, man würde das wackelige Ding abreißen, bevor es krachend in einer Staubwolke einstürzte und womöglich jemanden unter sich begrub oder die Häuser ringsum beschädigte.

Oben am Fußweg war eine Stimme zu hören, gedämpft und leise, wie es zu nächtlicher Stunde angemessen war. Schritte. Wenig später eine Gestalt, die auf Höhe ihrer Terrasse stehenblieb. „Candy." Er flüsterte, als wäre es ein Verbrechen, in der Dunkelheit über den Gartenzaun zu sprechen.

„Candice", verbesserte sie.

„Candice." Er tippte sich an die Stirn. Vielleicht wollte er mit dieser Geste den richtigen Namen ins Hirn klopfen. „Magst auch Sternschnuppen schauen? Heute soll es richtig viele geben. Die Trümmer eines Asteroiden schwirren zusätzlich zu den Perseiden vorbei."

„Wunschliste liegt bereit, Gustav."

„Leider ist der Vollmond viel zu hell." Sie konnte seine großen Augen wie schwarze Nadelstiche hinter der winzigen Brille sehen. Sein langes Haar war zu wild für seine kleine Gestalt und seine Lederjacke zu groß für die schmächtigen Schultern. Schräg hinter ihm stand seine Frau, die viel kleiner als er war und niemals etwas sagte. Candice wusste gar nicht, ob sie überhaupt sprechen konnte. Sie war so unscheinbar in Aussehen und Verhalten. Hose, Jacke, leicht geduckter Gang. Candice konnte nicht einmal sagen, welche Farbe ihr Haar hatte. Jetzt, im Halbdunkel, schien es mausgrau zu sein.

„Oben im Moos", erzählte Gustav, „suchen sie jemanden. Erst dachte ich, die suchen eine ausgebüxte Kuh."

„So, so." In ihrer Kinder- und Jugendzeit, die sie ein paar Dörfer weiter verbracht hatte, war um eine weggelaufene Kuh kein Aufheben gemacht worden. „Die kommt wieder", war die allgemein lässige Meinung dazu. Wenn die Kuh genug von ihrem Ausflug hatte, kam sie von selber nach Hause in den Stall zum Melken und Füttern. Seit damals waren die Landwirte weniger geworden und selten gab es Kühe, die nicht festgebunden in einer Fleisch- oder Milchfabrik ihr Dasein fristeten. Eine davongelaufene Kuh war heutzutage eine Sensation.

„Es scheint ein Pole zu sein", fuhr Gustav fort, „jedenfalls hört man sie immer ‚Pole! Pole!' rufen."

Candice fand es ungewöhnlich, eine vermisste Person bei ihrer Nationalität zu rufen. Gab es keinen Namen? Wusste man den nicht? „Sind Fremde im Dorf?", wunderte sie sich.

„Mir ist niemand aufgefallen, aber ich war auch den ganzen Tag auswärts."

„Pole! Pole! So geht das die ganze Zeit. Wenn man hinten bei den Schrebergärten ist, hört man es deutlich." Gustav schrie nicht in die Nacht hinein, seine Stimme war gedämpft. „Das ist halt blöd, wegen des Wolfs, der rumläuft. Du hast von dem Wolf gehört, der das Lamm gefressen hat?"

„Bei uns laufen keine Wölfe rum", sagte Candice mit fester Stimme. Sie hatte die Gerüchte über die zottelige Bestie natürlich mitbekommen, glaubte aber kein Wort davon. Ein Wolf!

Vor fünf, sechs Jahren war tatsächlich ein Wolf aus dem Bayerischen Wald in diese Gegend gekommen und hatte für Aufsehen gesorgt. Eine Freizeitschäferin, die Angst um ihre Lämmer hatte, verlangte sofort den Abschuss des Wolfes. Tierschützer gingen auf die Barrikaden, um den Wolf zu verteidigen. Bevor der Gemeinderat überhaupt einen Termin zur Beschlussfassung für das Wolf-Problem fand, entschied sich der Wolf die Bundesstraße zu überqueren und ein Tanklaster setzte ihm ein Ende.

„Das ist ein Wolf", beharrte Gustav. „Ein riesiger Wolf. Wir haben ihn beim Spaziergang gesehen und erkannt. Vor drei Tagen erst und heute haben wir einen Schatten gesehen, der zu ihm passt. Gleich drüben bei Küsters am Haus. Das ist ein großer Wolf, der durch die Gegend streift. Er ist dreist, wenn er so nahe ans Dorf herankommt."

„Du wirst den Hund von Müllers gesehen haben", wandte Candice ein. „Der sieht aus wie ein Wolf, weil sein Vater wohl tatsächlich ein Wolf war. Groß, dunkelgraues Fell, zottelig. Er knurrt und geifert ständig. Er hat so wenig Hundeartiges an sich und die Müllers wohnen schräg gegenüber von Küsters. Da treibt er sich herum."

„Ein halber Wolf also." Sein Blick verdüsterte sich. „Das Vieh mag ich nicht. Wenn ich es freilaufend erwische, knalle ich es ab." Er machte kein Geheimnis aus seinem Jagdschein, seiner Leidenschaft als Sportschütze und er brüstete sich damit, alle seine Waffen bei sich in der Wohnung aufzubewahren. „Den knalle ich dir aus dem Garten ab, wenn ich ihn erwische. Auch auf der Straße. Ist mir scheißegal. Verdammtes Vieh. Ein Hund gehört an die Leine, besonders so ein Hund mit einem so miesen Charakter, in dem ein halber Wolf steckt."

Müllers Hund hatte voriges Jahr dem kleinen Tom übel in die Hand gebissen und zwei Hunde in der Straße ernsthaft mit seinen Krallen und Zähnen verletzt. Der Hund entkam den Müllers immer wieder aus dem Garten, was kein Wunder war, denn der Zaun ums Grundstück reichte dem Hund nicht mal bis zur Schulter. Ein Hüpfer und er war drüber weg. Müllers ließen ihn obendrein beim Gassigehen immer ohne Leine laufen, obwohl Gustav ihnen und allen anderen Hundehaltern angedroht hatte, er würde jeden Hund abknallen, den er ohne Leine laufen sah, egal ob Bulldogge oder Chihuahua. Im Dorf, da war Candice ziemlich sicher, durfte er das nicht. Außerhalb oder im Wald schon. Da durften freilaufende Hunde zum Schutz der Wildtiere abgeschossen werden.

„Ich kenne den Unterschied zwischen einem Hund und einem Wolf", sagte Gustav. „Das Vieh im Moos ist ein gewaltiger Wolf, kein Hund und auch kein missratener Mischling." Er machte zwei Schritte weiter den Weg entlang und blieb erneut stehen. „Wenn der Wolf den vermissten Polen erwischt und er einen schwächlichen Eindruck macht, ist zappenduster. Er ist ausgehungert und hat keine Angst vor einem Menschen, der geschwächt ist, und das ist der Pole zweifellos, wenn er bei der kühlen Luft seit Stunden im Moos umherirrt."

„Der Wolf ist bestimmt nicht ausgehungert. Er wird was gefressen haben."

„Hat er ein Schaf gerissen? Oder eine Katze oder ein Reh? Mir ist nichts dergleichen zu Ohren gekommen. Dir? Hast du etwas mitbekommen? Er macht die Gegend unsicher, man sieht seine Tatzenspuren im Matsch, Fellbüschel am Stacheldraht, man hört ihn knurren und fletschen. Der Bruno, der hat Überwachungskameras aufgestellt, die ihm melden, sobald irgendwer oder irgendwas übern Zaun zu seinen Schafen hüpft. Dann ist er im Handumdrehen dort und er hat seine Knarre dabei."

Um diese Art Sicherheitsvorkehrungen machte Candice sich keine Gedanken. „Ich glaube, es ist ein Hund. Ein zotteliger Hund, der sich nicht gern neben seiner Besitzerin aufhält, sondern lieber allein strawanzt. Wie eben der Hund von Müllers."

„Wenn ich ihn das nächste Mal sehe, knalle ich ihn ab. Die

Bestie ist gefährlich." Er tat zwei Schritte. In diesem Tempo, überlegte Candice, konnte es länger dauern ihn loszuwerden. Ihr Grundstück war an der Seite des Fußweges zwanzig Meter lang. Von der Terrasse waren etwa sieben Meter einzusehen und wenn er diese sieben Meter in kleinen Etappen von zwei winzigen Schrittchen pro fünf Minuten machte, würden sie in der Morgendämmerung noch dastehen und reden.

„Außerdem", fuhr Gustav fort, „könnte der Pole in eine der Gumpen fallen und jämmerlich ersaufen. Seit dem Unwetter sind alle Gumpen zum Überlaufen voll. Kommt er da hinein, ist es vorbei mit ihm. Das Wasser ist eisig, man kühlt aus, kann sich nicht selbst helfen und muss ertrinken."

„Wer ist ihn denn suchen gegangen?" Candice glaubte in der Ferne Menschenstimmen zu hören. „Weiß man denn den Namen des Vermissten nicht?"

Wieder zwei Schritte Richtung Grundstück der Nachbarn. Dort gab es eine hohe Bambuswand, die neugierige Blicke abhielt. Sie war vom Sturm umgeknickt und trotzdem gute zwei Meter hoch. „Ich glaube", sagte Gustav, „die meisten Leute des Suchtrupps tummeln sich rund um das Bienenhaus. Vielleicht wollte er Bienen oder Honig stehlen, der Pole? Bei den Leuten aus dem Ostblock ist Vorsicht immer besser als Nachsicht."

Plötzlich hatte Candice eine Erleuchtung. „Den Polli suchen sie, keinen Polen. Den Imker, der dieses abgelegene Bienenhaus betreibt. Den nennt man Polli, weil er seinen Pollen als Wundermittel gegen jede mögliche Krankheit anpreist. Egal, ob du dich in den Finger geschnitten oder eine

Magenverstimmung hast, er schwatzt dir Pollen auf." Sie rieb sich nachdenklich übers Kinn. „Zuletzt habe ich ihn am Samstag im Dorfladen gesehen. Er hat Semmeln gekauft und gefragt, ob sie Nachschub an Honiggläsern brauchen."

„Ach, der Schierler Hans." Anscheinend kannte Gustav ihn. „Der Schierler Hans ist verschwunden. Das ist übel. Er hat was am Herzen, das könnte schlimm für ihn ausgehen."

„Wer ist ihn suchen gegangen?", wollte Candice erneut wissen.

„Die Oberstallerin mit ihrem Eichenschutzverein sucht, ein Teil der Feuerwehr auch, der Kindergarten." Kurz schien Gustav aus der Fassung geraten, sein linkes Auge zuckte seltsam. „Unser beschaulicher Kindergarten hat heute zum Sternschnuppenschauen ein hübsches Camp im Pfarrgarten aufgeschlagen, aber dann ist dem Pfarrer eingefallen, er möchte keine Kinder im Pfarrgarten haben. Angeblich soll da was mit der Versicherung sein, also sind sie zum Weiher und haben sich auf den Steg gelegt. Man sieht bei dem Vollmond keine Sternschnuppen und es ist saukalt, deshalb haben sie beschlossen, beim Suchen zu helfen. Damit die Kinder wenigstens ein Abenteuer erleben. Außerdem kennen sie alle das Bienenhaus und haben den Schierler schon oft bei der Arbeit besucht."

Candice tat der Hintern auf der harten Holzbank weh. Sie hätte sich ein Kissen unterlegen sollen, was ihr zu viel Aufwand für eine halbe Stunde Sternschnuppenschauen zu sein schien. Wenn tatsächlich so viele Sternschnuppen kamen wie angekündigt, brauchte es kein stundenlanges Warten, um beeindruckt zu sein. Sie fröstelte. Unter der Wolldecke, die um ihre Schultern lag, zog ein eiskalter Lufthauch um ihre Füße.

„Der Wolf", zählte Gustav an den Fingern ab, „die vollgelaufenen Gumpen und die endlos vielen Mücken und Bremsen. Da möchte ich nicht durchs Moos laufen. Da wirst du bei lebendigem Leib gefressen. Gott bewahre."

An jeder Ecke der Welt gab es religiöse Extremisten und sogar in diesem kleinen Dorf brachte ein Mückenschwarm des nachts einen erwachsenen Mann dazu sich schnell zu bekreuzigen und auf den Boden zu spucken. „Mir ist das Moos eh nicht geheuer, seit voriges Jahr die Touristen verschwunden sind."

Nun musste Candice lachen. „Die sind nicht verschwunden, sondern abgereist. Man darf dort nicht campen."

Er schien sie nicht zu hören. „An einem Tag waren sie da, bretterbreit in der Kreuzung, und die Oberstallerin konnte nicht zu ihrer Wiese kommen. Nicht einen Meter zur Seite sind sie gefahren, aus Angst, der Campingbus könnte im Morast versinken. Später, als die Oberstallerin mit der Polizei sie zum Wegfahren zwingen wollte, waren sie verschwunden."

„Sie sind halt abgefahren."

„Spurlos verschwunden."

„Die werden eingesehen haben, wie dämlich ihre Idee war. Mit einem Campingbus Feldwege blockieren, ist nicht besonders schlau. Besonders dann nicht, wenn man einer resoluten Bäuerin im Weg ist."

Gustav zog den Kopf zwischen die Schultern und flüsterte: „Die sind nie daheim angekommen. Wochen später haben wir den Fall im Fernsehen gesehen. Bei dieser Krimi-Reihe, wo sie ungelöste Verbrechen an die Öffentlichkeit bringen und um Mithilfe bitten. Das war schaurig."

Candice unterdrückte einen Seufzer, den man bis zum Suchtrupp im Moos gehört hätte. „Ach, Gustav."

„Seitdem gehe ich nicht mehr ins Moos, wenn es dunkel wird. Da geht was Unheimliches um. Die Frauen vom Kirchenchor sind ebenfalls dieser Meinung. Sie haben öfters ein Knurren und Grollen gehört wie von einem Monster aus der Hölle." Er nickte bedächtig, als würde seine Geschichte glaubhafter, wenn er nur langsam und betont sprach und dabei viel nickte. „Auch heute haben wir dieses unheimliche Knurren und Schnaufen gehört, nicht wahr, Gertrude?" Seine Frau schwieg und Gustav fuhr fort: „Wir sind bloß am Rand entlang, hinten bei den Schrebergärten, das war schaurig genug. Mir haben sich alle Haare aufgestellt."

„Die Familie ist abgereist", wiederholte Candice. „Deine Worte. Nach dem Rüffel der Bäuerin haben sie ihren Kram gepackt und sind abgefahren."

„Die Grotte, Candy", wandte Gustav ein und Candice verbesserte sofort: „Candice. Ich heiße Candice."

Gustav ließ nicht anmerken, ob er verstanden hatte. „Die Grotte, die ist unheimlich. Kennst du die Grotte?"

Mühsam unterdrückte Candice das Klappern ihrer Zähne in der Kälte. Sie zog die Decke fester um die Schultern. „Die hat eine Bauersfrau gestiftet, weil sie nach fünf Fehlgeburten endlich ein gesundes Kind bekam."

„Eben", sagte Gustav bedeutungsschwer. „Eben." Zum Glück machte er wieder einige Schritte, ehe er eine neuerliche

Aufzeichnung mit den Fingern begann: „Der Wolf, die Gumpen, die elend vielen Mücken und Bremsen, das Moos, die Grotte, der verschwundene Schierler. Hier ist es nicht geheuer. Der Schierler Hans ist im Dorf aufgewachsen und lebt schon immer hier. Er ist sogar Gemeinderat. Einer wie er verläuft sich nicht im Moos. Dem ist was zugestoßen. Also, wir gehen jetzt nach Hause und verrammelt alles. Schließlich wollen wir den morgigen Tag erleben." Er stutzte. „Morgen ist Freitag, der dreizehnte. Gott bewahre. Komm, Gertrude."

Die Kirchturmuhr schlug zehn. Candice atmete auf, als Gustav mit seiner Frau endlich hinter der umgeknickten Bambuswand verschwunden war. Einige Sekunden lang hörte sie die Schritte auf dem geteerten Weg, ehe Stille einkehrte. Eine Fledermaus zischte durch den Garten, am Himmel zog ein Flugzeug seine Bahn und der Vollmond stand direkt hinter dem Haus ihrer unmittelbaren Nachbarn. Candice hatte immerhin eine Sternschnuppe gesehen, die groß und lang genug war, um dem Vollmond ein Schnippchen zu schlagen. Eine einzige Sternschnuppe.

Ein plötzlicher Knall zerfetzte die Nacht und knatterte als Widerhall durch das Dorf. Fast gleichzeitig schwoll ein Schrei oben an der Straße an und sein Echo wurde vom Nachbarhaus auf Candices Terrasse geworfen. Als würde jemand direkt neben ihr aus Leibeskräften kreischen. Panisch. Voll Angst. Sie spürte einen heißen Blitz durch ihren Körper zischen, obwohl sie sich vor Schreck nicht bewegen konnte.

Im nächsten Augenblick war es totenstill und Candice war sich trotz ihres rasenden Herzens nicht sicher, ob sie überhaupt etwas gehört hatte. Nebenan die Nachbarn blieben ruhig. Sie guckten immer aus den Fenstern, wenn sich etwas tat, aber diesmal ging kein Licht an, kein Riegel wurde geöffnet und kein Kopf aus dem Dachfenster gereckt. Lotte war die neugierigste Person, die Candice kannte. Sobald die Sirene überm Feuerwehrhaus ertönte, schickte sie ihre Familienmitglieder zu den Fenstern, um herauszufinden, was passiert war. Wenn vom Fenster aus nichts zu erkennen war, mussten die Söhne Ralf und Torsten aufs Fahrrad steigen und zur Feuerwehr wetzen, um Erkundigungen einzuholen. Lotte hörte das Gras wachsen. Wenn sich bei ihr nichts im Haus tat, war sie wohl nicht daheim. Dieser Schrei hätte sie ganz sicher aufgescheucht.

Candice guckte hinüber zu den Nachbarhäusern, die sie reihum sehen konnte. Im großen Garten direkt nebenan war es ruhig. Sie hörte eine Holzliege knarren und ahnte, was die Tochter des Hauses mit ihrer neuen Bekanntschaft dort trieb. Selbst wenn die beiden intensiv miteinander beschäftigt waren, mussten dieser Knall und der fürchterliche Schrei sie aufmerksam gemacht haben. Er war laut genug, um Candice in den Ohren zu klingeln. Von der Holzliege hingegen kicherte es verhalten. Vielleicht trugen die jungen Leute Kopfhörer, wie es momentan so modern war. Da ging kein Geräusch von außerhalb durch.

Im Haus schräg vor ihr ging das Licht im Treppenhaus an. Da würde sicherlich gleich die alte Frau von Waals besorgt aus der Tür gucken und in die Nacht rufen. Stattdessen sah Candice die weißhaarige Frau an der Glastür vorbeigehen und die Treppe nach oben in Angriff nehmen. Sie war nicht gut zu Fuß und brauchte einen Treppenlift und sie trug ein

Hörgerät, aber diesen Lärm musste selbst sie gehört haben. So taub konnte niemand sein.

Der Hund von Patty und Sam begann zu bellen. Er war erst vier Monate alt und lebte sein Temperament zu jeder Tageszeit aus. Er bellte wild und kläffend und ausdauernd.

„Wenigstens einer außer mir", flüsterte Candice, „der den Schrei gehört hat." Tatsächlich ging nebenan das Fenster auf und Lotte streckte ihren Kopf heraus: „Ruhe, verdammt! Es ist nach zehn! Die Töle soll endlich Ruhe geben!"

Der Hund bellte auch für Candices Empfinden oft und lange und viel. Er war halt jung und unerzogen. Lotte hatte ihr Haus weiter unten am Fußweg direkt neben Patty und Sam. Sie hörte den Hund umso besser. Zwischen Candices Terrasse und dem Haus, wo der Hund wohnte, lagen zwei Garagen und eine dichte Buchenhecke. Beides dämpfte Geräusche.

„Hast du das gehört?", empörte sich Lotte. Die Nacht war hell genug, um wichtige Details oder eine auf der Terrasse sitzende Nachbarin zu sehen. „Hast du das gehört?"

„Ja", schüttelte sich Candice, „das war schauderhaft. Mir ist ganz anders."

„Das ist lästig", widersprach Lotte. „Der Hund kläfft den ganzen Tag und die halbe Nacht. Wir haben eine App und ein Mikrofon installiert, mit der wir das ganz genau verfolgen, damit unser Anwalt etwas gegen diese Hundehalter in der Hand hat."

„Ach, der Hund."

„Ja, was denn sonst?" Lotte beugte sich weit aus dem Fenster und schaute umher. „Ist außer dem Gebell etwas passiert? Habe ich was nicht mitbekommen?"

„Ein Schrei", erklärte Candice. „Dieser markerschütternde Schrei und der Knall. Wie ein Schuss. Hast du nichts gehört?"

„Nein." Sie schüttelte heftig den Kopf und dabei verlor sie einen ihrer Lockenwickler, der leise knackend auf den Boden ein Stockwerk tiefer plumpste. „Was für ein Schrei? Wer hat geschrien? Oder geschossen? Wer hat geschossen? Das ist ein Wohngebiet, hier schießt niemand."

Candice fühlte sich dazu veranlasst aufzustehen. Länger hielt es sie nicht auf der Holzbank und auch nicht auf der Terrasse. Sie schlüpfte in die Gartenschuhe, die am Blumenbeet standen, und trat näher an den Zaun und an Lotte heran. Candices Haus lag deutlich höher, weshalb beide nun beinahe auf Augenhöhe waren. „Nach dem Knall hat jemand gebrüllt wie am Spieß. Eine, zwei Sekunden lang. Dann war wieder Stille."

Lotte machte große Augen und ließ ihren Blick soweit über die Umgebung schweifen wie es ihr möglich war. „Meine Güte, ich habe nichts gehört." Sie konnte von diesem Fenster tatsächlich kaum etwas sehen. Die Garagen, die Hecke, Candices Haus, den umgeknickten Bambus. „Ich habe überhaupt nichts gehört, so ein Mist."

„Hast du dir die Haare gemacht?"

„Ja, ja." Sie tastete mit der Hand über die eingedrehte Pracht. „Waschen, spülen, kuren, eindrehen, anföhnen. Wenn ich mir den Spätfilm auf dem zweiten Programm angucke, kann die Kur einziehen."

„Dein Mann?", schlug Candice vor.

„Schaut Fußball im Chat mit seinen Kumpels. Da hört und sieht er nix."

„Die Kinder?", fragte Candice. „Haben die was gehört?"

Lotte winkte ab. „Die sind im Moos beim Helfen. Der Schierler Hans ist heute von den Bienen nicht heimgekommen. Sie helfen ihn suchen." Sie schnappte nach Luft. „Womöglich hängen der Schuss und der verschwundene Schierler Hans zusammen? Da ist vorhin auch dieser schießwütige Notar vom Ende der Straße unterwegs gewesen, dieser Gustav Klimt. Der hat ein Jagdgebiet irgendwo Richtung Dorfen, bei dem sitzt das Schießeisen recht locker. Weißt du was? Ich komme raus und wir gucken gemeinsam nach, was das für ein Schuss gewesen sein könnte. Ich muss mir bloß was über die Wickler legen, sonst fange ich mir einen Zug ein."

Kapitel 2

Es dauerte ein paar Minuten, bis Lotte den recht steilen Fußweg heraufkam. Sie wohnte unterhalb, Candice oberhalb, dazwischen etwa sieben Höhenmeter. Lotte hatte einen prima Ausblick auf die Berge und die Wiesen und den Bolzplatz, wo ihre Jungs sich gern herumtrieben. Candice hatte uneingeschränkten Blick auf Lottes Haus mit dem einzigen Fenster auf dieser Seite, durch das Licht ins Treppenhaus fiel. Candice machte es nichts aus, aufs Nachbarhaus zu gucken, anstatt auf Berge, Wiesen und Weite. In der Vergangenheit hatte Lotte sie oft deswegen bedauert, aber vor einer Weile waren Bagger, Tieflader und Baumaschinen angerückt und aus dem Bolzplatz wurde ein Baugebiet.

Ein Investor hatte der Gemeinde das riesengroße Grundstück abgekauft, um insgesamt achtundzwanzig Häuser mit knapp fünfzig Wohneinheiten zu bauen. Viele der Häuser und Wohnungen waren bereits vor Baubeginn an betuchte Privatleute weiterverkauft worden. Auch Einheimische hatten was vom kostspieligen Kuchen abbekommen. Gustav, der Notar und Freizeitjäger hatte ein schmuckes Grundstück in ausgezeichneter Lage ergattert und würde sein schlichtes Einfamilienhäuschen bald gegen einen repräsentativen Neubau im toskanischen Landhausstil tauschen.

Für Lotte bedeutete das Neubaugebiet das Ende vom Bergblick und für die Kinder des Dorfes war es vorbei mit dem Toben auf dem Bolzplatz. Die Baustelle war riesig. Das gesamte Gebiet wurde sogar mit einer zweigeschossigen Tiefgarage unterkellert.

Dieses Wohngebiet war ein Zankapfel im Dorf. Der alte Keppler Anton, dem das Gelände ursprünglich gehört hatte, wollte nämlich selbst Häuser dort bauen. Er hängte seine Landwirtschaft aus Altersgründen an den Nagel und hätte seine Rente gern mit Mieteinkünften aufgebessert. Allerdings genehmigte der Gemeinderat die Nutzungsänderung von Viehweide auf Baugrund nicht. Es wurde sogar darüber nachgedacht, die Kosten für einen Damm, der die Gemeinde bei Starkregen vor Überflutung schützen sollte, teilweise oder ganz auf den alten Keppler umzulegen. Das überstieg den Ertrag aus einer verpachteten Viehweide bei Weitem und deshalb verkaufte der alte Keppler die vielen Hektar Grund für das sprichwörtliche Butterbrot an die Gemeinde.

Gleich danach ging es allerdings sehr schnell mit der ursprünglich verweigerten Nutzungsänderung. Aus der jämmerlichen Wiese wurde begehrter Baugrund und der Investor stieg ins ganz große Geschäft mit ein.

Oft, wenn Candice auf das Baugebiet guckte oder die Bagger und Raupen sie frühmorgens aus dem Schlaf ratterten, musste sie an den alten Keppler denken, der übervorteilt ins Moos gegangen und sich in der Gumpe das Leben genommen hatte. Erst hatte er freilich auf gerichtlichem Wege versucht an das entgangene Vermögen zu kommen, aber rechtlich war alles ordentlich abgelaufen.

„Ihr habt das wasserdicht eingefädelt", appellierte er an den Gemeinderat, „moralisch ist es unter aller Sau. Ehrlose Gauner seid ihr allesamt. Ihr habt einen alten Kleinbauern ganz fies übern Tisch gezogen."

Unter dem höhnischen Gelächter der Gemeinderäte verließ

der alte Keppler mit eingezogenem Kopf den Sitzungssaal, ging direkt ins Moos und stürzte sich in eine der Gumpen. Drei Wochen war die Beerdigung her. Drei Wochen erst.

Candice glaubte nicht an rachsüchtige Geister, obwohl es schon unheimlich war. Einmal krachte mitten in der Nacht die am Kran aufgehängte Betonmaschine laut scheppernd zu Boden, ein andermal sprang ein Bagger partout nicht an. Es ging heftiger Wind an dem Tag und ein Baum stürzte auf den maroden Bagger. Der Fahrer kam mit dem Schrecken davon, weigerte sich aber auf dieser Baustelle weiterzuarbeiten.

Im Dorf begannen die Leute zu tuscheln, es wäre des nachts eine weißschimmernde Gestalt zu sehen, die über die Baustelle spukte, und dabei seufzte und klagte. Eine Katze ertrank in einer mit Regen vollgelaufenen Baugrube und als der Bauleiter sich das Bein brach, weil er über ein Rohr stolperte, gab es nur mehr wenige Leute im Dorf, die nicht an Kepplers Fluch glaubten.

Lotte hatte sich ein Kopftuch über die Lockenwickler gezurrt und sie trug eine dickgefütterte Daunenjacke wie zu einem Winterspaziergang. Ihre Hände steckten in selbstgestrickten Handschuhen. „Das kann ich gut", hatte Lotte beim ersten Kennenlernen gesagt. „Stricken, häkeln und Geschichten erfinden." Sofort ging Candice auf Distanz. Sie verdiente ihr Geld als Drehbuchautorin und hielt sich von allen Leuten fern, die selbst Bücher schrieben, Geschichten erfanden oder Tipps für eine Karriere als Erfolgsautorin suchten.

Zum Glück hörte Candice, wie sich Lotte einige Tage später der damals neu zugezogenen Nachbarin Patty vorstellte: „Ich bin Lotte. Ich kann gut stricken, häkeln und Gärten gestalten."

Patty war Landschaftsarchitektin mit eigenem Büro im Haus. Zu Sam, der ein paar Monate später einzog, sagte Lotte: „Stricken, häkeln und ich habe ein Händchen für Autos." Tatsächlich war Sam Mechaniker, das erfuhr Candice, als sie ihn beim Plausch am Gartenzaun kennenlernte.

Lotte trug selbstgestrickte Stulpen über ihrer engen Jeans. Vielleicht war die Jeans aus der Zeit vor ihren Jungs übrig und musste nun aufgetragen werden. Jedenfalls brauchte Lotte sich nicht arg zu bücken, um den Stoff zu spannen. „Mir ist total kalt", jammerte sie. „Dieser Sommer ist zum Davonlaufen. Zum Glück haben wir für Ende der Ferien zwei Wochen Griechenland gebucht. Da ist es warm."

„Griechenland steht in Flammen", warnte Candice. „Jedenfalls das Festland und drei, vier Inseln. Da brennen die Wälder."

„Ja", seufzte Lotte. „Ich hoffe, Kreta brennt nicht ab." Sie hakte sich bei Candice unter und sie marschierten gemeinsam den Fußweg hinauf. „Woher kam der Schrei? Und der Schuss? Was genau hast du gehört? Was könnte das gewesen sein? Wer? Lieber Himmel, wer ballert denn in der Gegend herum?"

Oben endete der Fußweg in der Seitenstraße, in der sich alle als Nachbarn bezeichneten, selbst wenn sie mehrere Häuser voneinander entfernt wohnten. An der einen Seite standen dicht an dicht geparkte Autos, Stoßstange an Stoßstange oder quer im Grünstreifen. Es gab nicht genügend Stellplätze für so viele Autos.

„Ein Schrei." Candice fühlte sich mit jeder Sekunde unsicherer und dümmer. „Ich glaube, ich habe einen Schrei gehört. Wie von jemandem, der Angst hat. Nicht, wie wenn man sich in den Finger schneidet, flucht und schimpft und damit den Schmerz zu vertreiben versucht. Ein richtig schlimmer Schrei. Den Knall könnte ich mir auch eingebildet haben. Es ist alles vollkommen surreal. Je mehr ich drüber nachdenke, desto bizarrer wird alles. Es ging auch furchtbar schnell und außer mir scheint niemand etwas bemerkt zu haben. Ringsum ist alles ruhig."

„Nur wenige Sekunden lang", grübelte Lotte. Sie guckte die Straße hinauf und hinunter. Über ihr summten Falter um die Straßenlaterne, die kaum mehr Licht spenden konnte als der Vollmond ohnehin über das beschauliche Dorf ergoss. „Ich kann nichts Ungewöhnliches erkennen. Alles scheint mir völlig normal."

Candices Augen rutschten die Reihe der parkenden Autos entlang. Sie kannte die Kennzeichen, Fabrikate und Farben aller Autos und wusste, wem sie gehörten. Der TÜV lief ab beim grauen Fabia und Beates mintgrüner Käfer hatte als einziges Auto keine Dellen am Dach. Zum Zeitpunkt des Hagelschauers war das neu gekaufte Auto nicht hier in der Straße geparkt.

Bomber kam um die Ecke geschlichen. Die Katze gehörte Beate vorn in Nummer vierundvierzig und Candice nannte sie Bomber, weil sie unglaublich fett und faul war. Niemals sah sie die rotgetigerte Katze rennen, hüpfen oder tänzeln. Sie kletterte keine Bäume hoch und hopste niemals auf einen Stuhl, eine Bank oder einen Tisch. Sie sah sie öfters im Seitenstreifen an der Straße sitzen, wo sie stundenlang in ein Mauseloch starrte und sich dabei nicht bewegte.

Nun stolzierte Bomber an den Frauen vorbei. Er setzte gemächlich eine Pfote vor die andere und legte keinerlei Hektik in die Nacht. Manchmal saß er auf Candices Terrasse und sie versuchte ihn wegen ihrer Katzenhaarallergie zu verscheuchen, was niemals erfolgreich war. Ab und zu stand er auf und verdrückte sich, aber Candice hatte nicht das Gefühl, es wären ihre „Schuh-schuh"-Geräusche, die ihn vertrieben.

Als er an ihnen vorbeischritt, wandte er den Kopf und guckte Lotte und Candice an. Für einen Moment funkelten seine Katzenaugen im Vollmond. Candice knickste verhalten lächelnd. „Majestät."

„Dämliche Katze", murrte Lotte. „Die gräbt und kackt mir immer ins Blumenbeet. Alle Blumenzwiebeln hat sie ausgebuddelt."

Candice konnte sich nicht vorstellen, wie Bomber eine Pfote rührte, um ein Loch in ein Blumenbeet zu buddeln. In ihrer Vorstellung saß er auf einem thronförmigen Katzenklo und ließ sich von Beate für jedes Häufchen kräftig loben. Bomber hob den Kopf und den Schwanz und flanierte den Fußweg hinunter. Manchmal sonnte er sich mitten auf der Straße, bis ein Auto kam und ihn weghupte.

„Hörst du Stimmen?" Lotte ließ Candice los und ging am Zaun entlang, wo die alte Frau von Waals Rosensträucher dicht an dicht gepflanzt hatte. Vor dem Unwetter, das so viel zerschlagen und zerstört hatte, wäre Dornröschen neidisch auf diese Rosenhecke gewesen. Jetzt waren zerrupfte Stängel und manch löchrige Blätter übrig.

„Gerade eben oder generell?", fragte Candice zurück.

„Jetzt." Lotte reckte den Hals und spitzte die Ohren. „Ich glaube nämlich Stimmen zu hören."

„Das wird der Suchtrupp im Moos ein." Candice zeigte über die Straße hinweg, als würde das Moos direkt dort beginnen und nicht fünfhundert Meter die ansteigende Straße hoch hinter dem Badeweiher. „Die suchen den Schierler Hans."

„Den können sie lange suchen", flüsterte Lotte mit zitternder Stimme.

„Wie meinst du das?"

Sie hatte plötzlich große glasige Augen und rubbelte sich die Arme als wäre ihr kalt. Sie zog die Nase hoch. Die Farbe war ihr aus dem Gesicht gewichen.

„So ist es." Die plötzliche Stimme erschreckte Lotte und Candice bis ins Mark. Sie hatten niemanden kommen hören und sich unbeobachtet geglaubt. Über ihnen zischte eine gewaltige Sternschnuppe entlang, die am Horizont in viele glitzernde Funken poppte.

„Hast du mich erschreckt!" Lotte hatte die Hand am Herzen, als konnte sie es durch diesen raschen Griff wieder zur Ruhe bringen.

Candice zitterte und stieß mühsam „Beate!" aus. Beate stank wie ein Iltis. Sie war Anfang zwanzig und arbeitete als Boxenluder, jedenfalls ging dieses Gerücht durchs Dorf. Sie schien keine geregelten Arbeitszeiten zu haben und war meistens an den Wochenenden nicht daheim. Sie joggte jeden Abend eine ganze Stunde durchs Moos und anscheinend traktierte sie ihre tadellose Figur anschließend zusätzlich auf einem Fitnessgerät in ihrer Wohnung. Sie war tropfnass durchgeschwitzt, trug nur Shorts und T-Shirt und müffelte wie ein ganzes Fitnessstudio. Ihr lief der Schweiß über die Stirn und den Nacken in dicken Tropfen. Unter ihren Füßen bildete sich bereits eine Pfütze.

„Die suchen den Kokos", wiederholte sie und diesmal war sie deutlich zu verstehen. Ihr Puls schien eine Frequenz gefunden zu haben, die ihrer Stimme zuträglich war. „Der ist mehr oder weniger verschwunden. Jedenfalls ist er vom Spaziergang im Moos nicht zurückgekommen."

„Der Polli ist es." Lotte ließ sich von einer einmal gefassten Meinung nicht abbringen. „Das weiß ich ganz genau, denn meine Jungs helfen beim Suchen. Die werden wohl wissen, ob sie den Schierler Hans oder den Kokos suchen. Ist ja schon ein Unterschied zwischen einem älteren Herrn und einem jungen Burschen."

Beate und Lotte hatten aufeinander ungefähr die Wirkung von Spiritus auf offenes Feuer. Candice sah beide in einer lodernden Stichflamme aufgehen und wollte beschwichtigen. Womöglich waren beide Männer abgängig, das konnte ja sein? Da rauschte ein kurzer spitzer Schrei durch die Straße. Ein helles, knappes, komprimiertes Ah! Es erstarb abrupt.

Diesmal war die Quelle für Candice eindeutig. Sie fuhr herum und starrte Lotte mit aufgerissenen Augen an. „Was ist los? Was hast du?"

Lotte hielt eine Hand vor dem Mund, um weitere Schreie zu ersticken, und mit der anderen Hand und dem gestreckten Zeigefinger deutete sie auf die Straße. Neben dem dunkelblauen Cabrio war am Boden ein dunkler Fleck zu sehen, der im Mondlicht schimmerte und glänzte. Eine zähe Flüssigkeit, wie es schien. Eine Pfütze, etwa einen Meter im

Durchmesser.

„Das ist Blut!", krächzte Lotte atemlos. „Das ist Blut, ich bin mir ganz sicher. Ich habe alle Krimis gesehen und weiß es genau."

„Pah! Blut." Beate schüttelte den Kopf und zeigte auf ihre Füße. „Ich stehe auch in einer Pfütze, aber das ist kein Blut, sondern Schweiß."

Sekundenlang verglichen sie aus einigen Metern Entfernung die Pfütze, in der Beate stand, mit der Pfütze am Cabrio. Beide glänzten und schimmerten im Licht und trotzdem war die Pfütze am Cabrio dunkler und zäher und auf eine bizarre Art erhaben.

Candice ging darauf zu. Es gab eine schnelle Möglichkeit herauszufinden, worum es sich bei der Flüssigkeit handelte. Zuerst versuchte sie zu schnuppern, konnte aber nur das gammlige Gras im Seitenstreifen riechen, das seit dem Unwetter abgeknickt und abgerissen vor sich hin faulte. Sie musste die Hand ausstrecken und mit dem Finger in die Pfütze titschen.

„Halt!", rief Beate, bevor der Finger sein Ziel erreichte. „Wenn es tatsächlich Blut ist, sollte niemand damit in Kontakt kommen. Erste Lektion bei den Ersthelfern: Nicht mit Blut in Berührung kommen. Hier, nimm lieber mein Handtuch."

Ihr Handtuch war patschnass. Sie trug es um den Nacken und hatte sich allein in den letzten Minuten mehrmals übers Gesicht gewischt. Candice graute es vor dem durchgeschwitzten Lappen, aber es war besser, nicht mit Blut in Kontakt zu kommen. Sie wickelte sich das schweißnasse Handtuch um die Faust und stupste in die Pfütze.

Sofort sprang sie einen Satz rückwärts. „Das ist Blut!" Ihr graute noch mehr vor dem Handtuch. Sie riss es von ihrer Hand, knüllte es zusammen und warf es in die erstbeste Mülltonne, die sie am Straßenrand fand. Jeden zweiten Freitag war Leerung, deshalb standen für morgen bereits einige Tonnen bereit.

„Hast du mein Handtuch weggeschmissen?"

„Hättest du das wiederhaben wollen?", konterte Candice. „Es hat sich mit fremdem Blut vollgesaugt."

„Das war von meiner Mutter, zum Einzug in die eigene Wohnung. Sie hat es von ihrer Mutter zur Hochzeit bekommen. Das ist quasi ein Erbstück."

Candice schüttelte sich und spürte dabei ihr kurzgeschnittenes Haar auf dem Kopf wuscheln. Es war zu lang. Längst hätte sie zum Frisör wollen, aber dort gönnte man sich vier Wochen Betriebsurlaub. Sie sehnte sich nach dem Frisör und einem offenen Ohr wegen der Blutpfütze auf der Straße.

Lotte zitterte am ganzen Körper und sogar ihre Lippen bebten. Sie konnte sich nicht beruhigen. „Blut! Lieber Himmel, wo kommt das ganze Blut her. Ist das von einem Tier oder von einem Menschen? Gott bewahre, von einem Menschen? Hier liegt kein totes Tier herum, von dem es sein könnte. Es liegt auch kein toter Mensch herum. Oder? Wir sollten unter die Autos gucken, nur zur Sicherheit. Mein Gott, mein Gott, wenn da nun eine Leiche unterm Auto liegt?"

Vor der Blutlache ging Candice in die Hocke, in angemessenem Abstand, und lugte unter das Cabrio. Irgendwo musste die Quelle liegen, ganz wie Lotte meinte.

Candice blickte die Reihe der geparkten Autos entlang und tatsächlich sah sie etwas glitzern. „Da liegt was unter dem Auto. Ich komme nicht ran."

„Wie sieht es aus?" Neben ihr bückte sich Beate, wobei die Shorts unappetitlich verrutschten und mehr von ihrem Hintern zeigten als in irgendeiner Situation angemessen war. „Wenn das eine Waffe ist, müssen wir die Polizei holen."

„Die müssen wir sowieso holen", sagte Lotte. „Eine riesige Blutlache auf der Straße ist immer ein Grund, um die Polizei zu holen."

Mit der Wange auf dem Asphalt versuchte Candice das glitzernde Ding genauer zu erkennen. „Es sieht wie ein Messer ohne Schaft aus. Wie eine Klinge, eine Scherbe oder ein Dolch ohne Griff."

„Das ist ein Ochsenfiesler", glaubte Beate zu erkennen. „Es könnte auch ein kaputter Hirschfänger sein. Da ist kein Griff zu erkennen."

„Hier geht ein Gewalttäter um." Lotte fasste sich an den Kopf. „Und meine Jungs rennen mutterseelenallein im Moos umher."

„Sie sind nicht allein", versuchte Candice zu beschwichtigen. „Andere Leute suchen ebenfalls. Wahrscheinlich ist das Moos voller Menschen."

„Wenn der Mörder nun einen in die Gumpe stößt?" Lotte machte sich wirklich Sorgen. „Mit der Gumpe ist nicht zu spaßen. Kennt ihr die tiefe Gumpe, die selbst im heißesten Sommer nicht austrocknet?"

Das war knapp zwei Kilometer vom Dorf entfernt. Candice kannte die Stelle, denn manchmal, wenn sie auf der Suche nach Inspiration war, machte sie einen Spaziergang entlang der schmalen Wege durch das naturbelassene Moos. Über die tiefe Gumpe führte ein Steg und davor stand ein Schild, das dringend vor dem Betreten warnte. Es waren schon Leute in die Gumpe gefallen und nicht mehr herausgekommen, was an dem Bewuchs und dem morastigen Untergrund lag. Man verfing sich in den schlingenden Pflanzen und kühlte aus, konnte sich nicht befreien und musste sterben, wenn man es nicht schaffte, sich am Steg festzuklammern und mit eiskalten Händen und Armen aufs Trockene zu zerren.

Das war dem alten Keppler passiert. Man ging von Suizid aus, denn er kannte den Steg und die gefährliche Gumpe und war trotzdem dort unterkühlt ertrunken. Manche glaubten, jemand hätte den alten Keppler in die Gumpe geschubst, aber im feuchten Morast vor dem Steg waren ausschließlich seine Fußspuren zu finden.

„In der Gumpe soll eine Tote liegen", fiel Candice die Gruselgeschichte ein, die ihr eine Frau erzählt hatte. Sie stand grübelnd über einen missratenen Spannungsbogen an der Gumpe und diese Frau kam des Weges.

„Der alte Oberstaller Bauer", erzählte sie, „hat seine Frau gehasst, weil sie ihm bloß Mädchen geboren hat und keinen Erben. Eines Nachts, nach der Geburt der neunten Tochter, hat er sie erwürgt und ihre Leiche in der Gumpe versenkt. Der Dorfgendarm hat danach getaucht und sogar Gebeine gefunden, die angeblich die Knochen von Rehen waren und nicht die einer Frau." Sie rieb deutlich sichtbar Daumen und Zeigefinger der rechten Hand aneinander. „Zwanzig Goldmark, munkelt man, hat es den Oberstaller gekostet, den

Gendarmen zu schmieren und die Knochen einem Reh zugehörig zu machen."

„Goldmark und Gendarm?", überlegte Candice. „Welcher Oberstaller Bauer war das? Das muss lange her sein?"

„So genau lässt sich das wirklich nicht sagen", gab die Gesprächspartnerin zu, „denn die Erstgeborenen heißen seit Urzeiten alle Josef und es war ein Oberstaller Sepp. Ich denke mal, das wird in der Zeit der Schwedenkriege gewesen sein."

„Seine Frau?", fragte Candice. „Wie hieß die Frau, die er umgebracht haben soll?"

Da musste die Frau die Schultern zucken. „Weißt", sagte sie in dem typischen vertraulichen Tonfall, den man im Dorf untereinander pflegte, „das war zu einer Zeit, als Frauen zwar einen Namen hatten, aber grundsätzlich mit dem Namen ihres Mannes gerufen wurden. Die Oberstallerin, die liegt in der Gumpe." Sie nickte schwer auf das trübe schwarze Wasser hin, das vor lauter Schlingpflanzen und wucherndem Gestrüpp kaum zu erkennen war. „Ja, die liegt da drin. Das Grab bei der Kirche jedenfalls war leer. Als viele Jahrzehnte später die Toten umgebettet werden mussten, hat man das festgestellt. Der Totengräber schwor Stein und Bein, der Sarg war leer." Sie senkte die Stimme. „Angeblich hört man die Oberstallerin in klaren Vollmondnächten weinen. Ihre Seele findet keine Ruhe." Die Frau kam näher an Candice heran und wisperte ihr nach einem schnell gemachten Kreuzzeichen ins Ohr: „Angeblich ist auf den Tag genau ein Jahr nach dem Mord an der Oberstallerin ein Dämon aus der Hölle gefahren und hat den Mörder, also den Oberstaller Bauern, den Witwer, grausam in Stücke gerissen und zerfetzt. Ein Dämon.

Ein wolfartiges Monstrum, groß und böse und gierig. Die Leute haben sich wochenlang bloß für die Messe aus dem Haus getraut."

Candice fiel diese Geschichte ausgerechnet jetzt ein, wo sie vor einer Blutlache kniete und unter dem Cabrio einen Gegenstand zu erkennen versuchte. Sie streckte sich so weit wie möglich, aber natürlich war der Arm viel zu kurz. Die Kirchturmuhr läutete zehn Uhr und begann mit ihrer ständigen Falschgeherei gewaltig zu nerven.

„Ich hole den Robert", beschloss Beate und dabei wuschelte sie sich durch die verschwitzten Haare und die Schweißtropfen flogen. „Wenn er sein Cabrio wegfährt, kommen wir an das Ding ran. Vielleicht hat er sogar mitbekommen, warum neben seinem Auto eine gewaltige Blutlache ist." Sie zupfte am Ausschnitt von Shirt und Shorts herum. „Mei, ich sollte duschen gehen, bevor ich ihn rausklingle."

„Halt, halt, halt!" Lotte stellte sich ihr in den Weg, die Arme auseinander und die Beine hüftbreit. Dick in ihre Wintersachen eingepackt, bildete sie zu Beate ein krasses Gegenteil. „Das ist ein Tatort. Wir rufen die Polizei und die sollen den Robert rausklingeln. Ich gehe zurück in mein Haus und telefoniere nach der Polizei."

Sofort hielt Beate in ihren Verschönerungsaktionen inne. „Moment", bremste sie Lotte. „Da brauchst du dir keine Umstände zu machen, ich habe mein Handy da."

Tatsächlich passte in ihre enge Shorts irgendwie das Handy. Sie holte es heraus und wischte mit dem Daumen darauf herum. „Mist, kein Empfang. Der Sendemast muss wieder mal kaputt sein. Das ist das dritte Mal in dieser Woche. Ich sollte mein Geld zurückverlangen."

Lotte schnaubte heftig und befreite sich aus Beates Griff. „Ich gehe in mein Haus zurück und telefoniere nach der Polizei. Deinen neumodischen Scheißdreck kannst du in die Tonne treten."

Während Lotte den Fußweg hinunter zu ihrem Haus ging, dessen erleuchtete Haustür weit offenstand und gewiss tausenden Mücken Einlass gewährte, rappelte Candice sich vom Boden hoch. „Würde mich wirklich interessieren, woher das Blut kommt. Hast du den Schrei auch gehört oder den Schuss?"

„Ein Schrei? Ein Schuss?" Beate schüttelte den Kopf. Sie trat zu der Mülltonne und fischte ihr Handtuch wieder heraus, tunlichst darauf bedacht, die Stelle mit dem Blut nicht zu berühren. „Beim Sport trage ich immer Kopfhörer, die ziemlich dicht sind. Ich höre meine Musik, sonst nichts. Nein, ich habe nichts gehört."

„Tatsächlich?" Candice verschränkte die Arme. „Warum bist du runter von deinem Sportgerät und plötzlich auf der Straße gestanden, gerade als Lotte und ich uns hier umgesehen haben?"

Beate verschränkte ebenfalls die Arme, was bei ihrem jungen knackigen Körper wesentlich besser aussah als bei Candices deutlich älterem Gestell. „Ich war fertig mit der ersten Session und habe meinen Kater rausgelassen, bevor es an die zweite Session geht. Da habe ich euch zwei Spaßvögel hier ratlos rumstehen sehen."

„Wo hast du denn deine Kopfhörer?"

„Das Kabel ist nicht lang genug. Ich hänge die Kopfhörer immer über den Crosstrainer, bevor ich…"

Plötzlich standen beide wie vom Donner gerührt. Sie hörten einen brutalen Schrei, der ihnen durch Mark und Bein ging. Beate klappte wie ein Taschenmesser zusammen, kauerte sich auf die Straße und hielt sich die Ohren zu. Sie wurde zu einem kleinen unscheinbaren Ball, der heftig zitterte. Ihre Zähne schlugen aufeinander, so groß war ihre Angst.

Candice drehte es den Magen um. Sie hatte diese Art Schrei so ähnlich vorhin schon einmal gehört. Dazu das Blut, vor dem sie stand. Sie konnte die Angst, die Verzweiflung, die aufwühlende Panik spüren, die zu solch einem Schrei führte. Es ging blitzschnell, aber selbst, wenn sie gewollt hätte, wäre es nicht zu verhindern gewesen: Sie musste sich übergeben. Sie beugte sich zwischen dem Cabrio und der roten Familienkutsche nach vorne und erbrach das gesamte Abendessen, die halbe Flasche Wein und die Tüte Gummibärchen, die sie sich zum Sternschnuppengucken gegönnt hatte. Ein säuerlicher Geruch nach altem Joghurt breitete sich aus.

Der Schrei dauerte nicht lang. Wie zuvor vergingen nur wenige Sekunden, die sich in ihrer Erinnerung vermutlich deutlich länger anfühlten als sie tatsächlich waren. Candice spuckte aus und wischte sich über den Mund. Es stank fürchterlich, viel schlimmer als das vermodernde Gras des Grünstreifens.

„Was war das?" Beate stand wieder aufrecht. Ihr war das Handtuch entglitten, es lag nun direkt in der Blutlache vor dem Cabrio. „Was zum Teufel war das?"

„War es Lotte? Es klang wie Lotte." Candice spürte einen eisigen Griff, der sich um ihr Inneres legte. Lotte, die telefonieren wollte. „Sie hat die Haustür offengelassen, vorhin, als sie zu mir kam. Womöglich ist jemand in ihr Haus eingedrungen und hat sie..." Sie guckte auf die Blutlache. „...hat sie..." Nein, es war ihr nicht möglich, den Gedanken auszusprechen.

„Hier liegt keine Leiche", beharrte Beate. „Nur das Blut. Hier ist nur das Blut."

„Nur!", blaffte Candice sie an. „Das ist mehr Blut als ein Mensch in sich hat. Die Pfütze ist riesig!" Sie packte Beates Handgelenk, das von kaltem Schweiß bedeckt war. „Wir müssen nach Lotte sehen. Wir müssen." Sie nickte eifrig. Candice krallte ihre Finger um Beates mageres Ärmchen und zwickte sich dabei selbst in die Fingerkuppen, so klapperdürr war Beate. „Wir müssen nach Lotte sehen."

Beate hörte nicht auf zu nicken. Ihr Kopf ratterte wie bei einer rasanten Fahrt über Kopfsteinpflaster. „Das hat sich nicht nach Lotte angehört. Bei allem, was recht ist, das kann nicht Lotte gewesen sein." Sie schnappte nach Luft. „Vielleicht ist jemandem ein Glas aus der Hand geglitten."

„Beate!", zischte Candice sie an und zerrte an ihr. „Das war kein berstendes Glas. Du musst dich bewegen, sonst können wir nicht nach Lotte sehen."

„Ich kann nicht", stotterte sie. „Meine Füße sind im Asphalt festgewachsen."

Aus einem Impuls heraus trat Candice ihr heftig gegen das Schienbein. Das ließ sie einen Schritt rückwärts machen und gleichzeitig zusammenzucken. Das dämliche Kopfnicken hörte auf. „Du Hexe, was soll das?" Sie bückte sich und rieb sich die schmerzende Stelle. „Mir einfach so ins Schienbein zu kicken. Da kann was kaputtgehen, eine Sehne oder ein Knochen. Wie sieht das denn aus, wenn ausgerechnet dort ein blauer Fleck ist?" Sie murmelte mehrere Schimpfworte vor sich hin, die Candice ignorierte. Erst bei Beates letztem Satz wurde sie aufmerksam: „Das sieht aus, als wäre die Pfütze verwischt worden. Da geht ein Streifen in diese Richtung weg."

„Kein Wunder", fand Candice. „Du hast dein Handtuch reinfallen lassen."

„Ich habe es nicht rausgeholt, dieses Verwischte ist nicht von meinem Handtuch."

Jetzt, wo sie darauf achtete, war es im Licht der Straßenbeleuchtung deutlich zu erkennen. Vom Auto weg führte eine auslaufende Blutspur in die Mitte der Straße, wo sie endete. Candice schauderte. „Da hat jemand das Opfer weggeschleift."

„Quatsch", murmelte Beate. „Beim Wegschleifen hinterlässt kein Mordopfer eine Blutspur mit Profil. Das sieht eher aus wie ein Reifenabdruck, dem nach ein paar Umdrehungen das Blut ausgeht."

Ihr kam eine Idee. „Vielleicht hat jemand das Opfer in ein Auto gelegt. Deshalb hört die Spur auf. Hast du ein Auto gehört in der letzten halben Stunde?"

Beates Blick war herablassend und genervt. „Beim Sport höre ich nicht auf Autos, die die Straße entlangfahren, sondern ausschließlich meine Musik. Außerdem war das kein Auto. Kein Auto fährt mit nur einem Reifen."

„Ein Fahrrad?", schlug Candice vor.

„Dafür ist der Reifen zu dick."

„Wir haben jetzt gar keine Zeit, um uns über ein Fahrrad mit Mega-Reifen oder ein Auto mit nur einem Rad Gedanken zu machen." Candice machte einen Schritt von der Pfütze und der verschmierten Spur weg. „Wir müssen endlich nach Lotte sehen."

„Wir müssen die Polizei anrufen." Beate ließ ihr Handtuch im Blut liegen und folgte Candice den Fußweg entlang. Sie ging einen Schritt hinter ihr und müffelte fürchterlich gegen den leichten Wind, der hier am Hang immer wehte. Wie ein Fallwind rollte er entlang, tagaus, tagein, zu jeder Zeit. Seine Beständigkeit machte das Sitzen auf einer ungeschützten Terrasse unleidlich, deshalb hatte Candice eine ordentlich hohe Verkaufsbeteiligung für den Film „See the women" in einen ortsbekannten Schlosser investiert, der ihr eine Terrassenüberdachung und eine seitliche Glaswand anfertigte. Damit wurde der Fallwind an der Terrasse entlanggeführt und versandete im Garten.

Beates Turnschuhe quietschten auf dem Asphalt. Überhaupt war es erstaunlich, sie in Shorts und T-Shirt nicht frierend mit den Zähnen klappern zu hören. In Candices Chinaschilf raschelte es und der Igel grunzte in seiner Ecke. Das machte Candice nicht nervös; er grunzte und schlabberte oft die halbe Nacht und machte dabei die merkwürdigsten Geräusche.

„Ich hatte mal einen Fuchs im Garten", flüsterte Beate, „der hat sich auch komisch angehört. Ich habe den Jäger kommen lassen, damit er ihn absch… einfängt. Damit er ihn einfängt und im Wald wieder rauslässt."

„Füchse leben nicht im Wald", raunte Candice zurück. In dieser Stille war ihr jedes laute Wort unangenehm. Sie setzte ihre Schritte leise, schlich den Weg entlang und lugte hinter jeden Busch und jeden Zaunpfahl. „Der Walnussbaum gehört dringend gestutzt. Man kann überhaupt nichts sehen."

Auf der gesamten Länge des Fußwegs gab es nur eine Laterne zur Beleuchtung und die war von einem Walnussbaum umwachsen, dessen ausladende Krone auch ohne Blattwerk das Licht fast vollständig schluckte. Der Vollmond machte wesentlich heller und natürlich gab es das Licht, das aus Lottes offener Haustür flutete.

„Lotte!", hauchte Candice. „Bist du da? Geht es dir gut?" Der Garten war von einem modrigen Jägerzaun begrenzt, bei dem einige Latten fehlten. Beate und Candice schritten durch das niedrige Tor, das weit offenstand, und verharrten an der Haustür. „Lotte?" Keine Antwort. „Lotte?"

Bevor Candice es verhindern konnte, hatte Beate die Hand gestreckt und auf die Klingel gedrückt. Ein ohrenbetäubendes Geläute brauste auf und rauschte über die Frauen auf den Weg und in die Nacht. Es war das Läuten von Big Ben, das – wie es Candice schien – in voller Lautstärke das halbe Dorf aufweckte. Ihr blieb beinahe das Herz stehen, so fürchterlich toste es plötzlich. Sie duckte sich unwillkürlich. Gleichzeitig entdeckte sie auf dem abgetretenen Schmutzfangteppich im Eingangsbereich die dunkel schimmernde Schicht aus feuchtem Blut.

„Da!", packte Candice Beates Arm und zerrte an ihr wie verrückt. „Da ist Blut auf dem Teppich."

„Hässlicher Teppich." Beate ging in die Hocke und beguckte

sich den schwarzen großen Fußabstreifer, der beim Kauf vermutlich helle weiße Streifen gehabt hatte, die mittlerweile ein sattes Dunkelgrau zeigten. Sie schaute sich um und holte einen Regenschirm aus dem Ständer neben der Tür. Mit der Spitze piekte sie in die Lache und atmete auf. „Eindeutig Marmelade."

„Wie kommt die Marmelade hierher?" Candice begann sich die Haare zu raufen und ging rückwärts. „Lotte? Lotte, kannst du mich hören?" Sofort ging sie wieder vorwärts und kickte Beate leicht in den Hintern. „Du Schaf hast sogar geklingelt! Wenn er uns nun auch umbringt? Wahrscheinlich ist Lotte längst tot und hinter der nächsten Tür lauert der Mörder auf uns."

Beate schob den Schirm zurück in den Ständer, nachdem sie die Marmelade am Fußabstreifer abgewischt hatte. „Uns hätte der Mörder längst umbringen können, aber wie du siehst, stehen wir quietschfidel herum und haben Angst vor einem marmeladebesudelten Teppich." Sie reckte das Kreuz durch und die Brust vor. „Wo hat Lotte ihr Telefon? Weißt du das? Kennst du dich im Haus aus? Wo ist der offizielle und wo der private Bereich?"

Woher sollte Candice das alles wissen? Sie waren Nachbarn, pflegten ansonsten keine Gemeinsamkeiten. Candices Tochter studierte im Ausland, Lottes Söhne, die gerade erst ins Teenageralter kamen, waren eine Heimsuchung für das Dorf. Ständig dachten sich die Quälgeister üble Streiche aus. Candice war froh, wenn sie von den beiden Rabauken nichts hörte und nichts sah, wobei sie absolute Stille bei den beiden sehr, sehr nervös machte. Dann heckten sie etwas

Fürchterliches aus. Am schlimmsten war es letztes Silvester gewesen. Während das Dorf sich von der total aus dem Ruder gelaufenen Party am Dorfplatz erholte und am ersten Januar ausschlief, schlichen die Lausbuben herum und sammelten Kracher und Raketenreste zusammen. Sie schafften es, aus den Blindgängern das Schwarzpulver zu sammeln, es in einen selbstgebastelten Sprengsatz zu packen und damit die Kanalisation in die Luft zu jagen.

Am Vorabend hatten sie bereits diverse Knallfrösche und Böller in den Gully geworfen, was fürchterlich laut war und alle heftig erschreckte. Der Sprengsatz Marke Eigenbau war viel krasser. Er riss den Kanaldeckel aus seiner Halterung und zerfetzte das darunterliegende Betonrohr in tausend Teile, die mehrere Meter weit flogen und zwei Häuser beschädigten. Ein geparktes Auto bekam den Trümmerregen ab. Wirtschaftlicher Totalschaden, meinte der Gutachter.

Die Bengel wurden ausgeschimpft und Lotte wenig später die Haftpflichtversicherung gekündigt. Genützt hatte der Anpfiff nichts, obwohl die Polizei ebenfalls mit einer Standpauke nachlegte. Genau neun Tage waren die Jungs brav, ehe sie mit einer Steinschleuder auf die Herde Werdenfelser Rinder schossen und dabei eines der Rinder am Auge erwischten. Zuerst stritten sie es ab, aber heutzutage wurde bei jedem Verdacht auf Regelverstoß sofort das Smartphone gezückt und ein Spaziergänger hatte die Jungs gefilmt. Leugnen zwecklos.

Lotte war am Ende ihres Lateins und schüttete weinend ihr Herz aus, als sie Candice am Zaun beim Inspizieren des Gartens traf: „Was soll das nur werden? Im Mai werden die beiden vierzehn und damit strafmündig. Wahrscheinlich kann ich sie Weihnachten im Jugendknast besuchen."

Seit Mai allerdings hatten die Jungs nichts mehr angestellt. Ja, es wurde gemunkelt, sie hätten das Nacktfoto in Größe A null an die Kirchentür genagelt, aber woher hätten die Jungs das pikante Foto haben sollen, das den Pfarrer im Profil einer Dating-Seite für Schwule zeigte? Auf den Smartphones der Jungs jedenfalls war die App nicht installiert und es gab keine Hinweise, wie sie das übergroße Poster hätten bezahlt haben können. Falls sie wirklich die Urheber waren, legten sie deutlich mehr Geschick im Verschleiern ihrer Taten an den Tag als früher.

„Kennst du ihre Söhne nicht?", raunte Candice Beate zu. „Du willst gar keinen näheren Kontakt zu dieser Familie haben. Ein höflicher Gruß über den Zaun hinweg ist mehr als genug. Selbst dabei musst du aufpassen wie ein Schießhund. Während du freundlich bist, zerlegen die Bengels dir die Bude."

„Wohnzimmer", entschied Beate. „Telefone liegen meistens im Wohnzimmer."

Gemeinsam schlichen sie durch den Flur, wo unzählige Jacken und Latzhosen und Stofftaschen an Haken hingen. Ein zwei Meter langer Schuhschrank schien alle Schuhe in sich zu haben, es standen jedenfalls keine herum. Der helle Fliesenboden war sauber, bis auf die Stelle, wo die Marmelade vom Fußabstreifer heruntersickerte und sich langsam ausbreitete. Das war ein ziemlich flüssiger Brotaufstrich.

„Lotte?", fragte Beate nun laut. „Lotte? Wo bist du? Ist

irgendwer hier? Hallo?"

Das Wohnzimmer war eingerichtet wie viele Wohnzimmer. Ein großer Fernseher an der Wand, davor eine Couch mit zwei Sesseln und einem Holztisch. Ein Schrank, ein Schwedenofen, ein Bücherregal. Rechts ging es in die Küche, die durch eine offenstehende Schiebetür getrennt war. Es lagen im Wohnzimmer einige Zeitschriften und Briefe herum und mehrere Tablets und Laptops zwischen benutzten Gläsern und Tellern voll Brösel. An den Fenstern harrten eingestaubte Topfpflanzen der Dinge, vor den Büchern im Regal Nippes, der sich angesammelt hatte. Die Wände waren mit gerahmten Kinder- und Familienfotos behängt.

„Lotte?"

„Das ist mir unheimlich", gab Candice zu. „Ihr ist bestimmt was passiert."

Beate ging in die Küche, um sich dort umzusehen. „Sie wird keine Marmelade in ihren Adern haben, oder? Trotzdem ist es merkwürdig. Sie gibt nicht an, sie reagiert nicht. Vielleicht ein Schock, weil so viel Marmelade alles versaut."

Candice hörte sie in den Kühlschrank gucken und die Schränke kontrollieren, wovon sie sich nichts versprach. Lotte würde kaum zwischen Nudeln und Haferflocken kauern.

„Sieh dir das an." Beate kam zurück ins Wohnzimmer. Sie hatte einen Wandkalender dabei, den sie Candice vor die Nase hielt. „Am zwölften August ist Harry Potters Anhörung im Zauberministerium. Das ist heute. Heute ist der zwölfte August."

„Pete Sampras ist an einem zwölften August geboren und Laurette Young an einem zwölften August gestorben", konterte Candice. „Hat das was zu bedeuten?"

„Ich habe keine Ahnung, wer die beiden sind." Beate nahm den Kalender kein Stück weit runter. „Das hier, da geht es um Zauberer, Dämonen, unerklärliche Dinge. Wir haben es tatsächlich mit sehr merkwürdigen Geschehnissen zu tun."

Nun drückte Candice die Hand mit dem Wandkalender weg von ihrem Gesicht. „Heute ist der zwölfte, morgen der dreizehnte August. Na und? Gestern war der elfte."

Beate riss die Augen auf. „Freitag, der dreizehnte. Das ist morgen ein Unglückstag."

„Das Telefon wollten wir finden. Das Telefon." Candice schickte sie mit einer Handbewegung zurück in die Küche. „Hänge den Kalender wieder auf. Es ist unhöflich, anderer Leute Dinge anzufassen."

Sie hörte sich wohl streng genug an, jedenfalls brachte Beate den Kalender zurück und als sie wiederkam, schüttelte sie den Kopf. „Ich kann kein Telefon finden."

„Hast du hier Empfang mit deinem Handy?"

Beate zückte es und suchte nach einem Netz. „Nein. Mir wird ein verschlüsseltes WLAN angezeigt." Sie schnaubte. „Dieses Hilferufen dauert mir deutlich zu lange. Ich gehe zurück nach Hause und telefoniere von dort nach der Polizei. Bleibst du hier oder kommst du mit?"

„Weggehen? Wir haben Lotte nicht gefunden?"

„Ja, weggehen", wiederholte Beate. „Um Hilfe zu rufen mit einem Telefon, von dem ich weiß, wo es sich befindet. Kommst du nun mit oder möchtest du hier auf die Polizei warten?"

„Ich komme mit", entschied Candice sofort. „Ich möchte nicht allein in diesem gespenstischen Haus bleiben. Alles hell erleuchtet, trotzdem ist keine Menschenseele zu sehen."

Sie verließen das Wohnzimmer und betraten den Flur. Vom Teppich war weitere Marmelade auf die Fliesen gesickert und sie breitete sich in den Fugen immer weiter aus. Candice fand das ungewöhnlich, denn normalerweise war Marmelade nicht flüssig. Durchs Kochen verdunstete die Flüssigkeit und die Masse gelierte. Hier war kein Profi am Werk oder das Rezept war schlecht.

Schlimmer allerdings als die verpfuschte Marmelade war der Abdruck, der sich zwischen dem Teppich und der offenen Haustür befand. Zuerst schien er wie ein Fußabdruck, allerdings bemerkte Candice beim zweiten Blick die seltsam geformten Zehen. Im nächsten Gedankengang wurden aus den Zehen Klauen mit langen Krallen. Sie zwinkerte, als konnte sie damit ihr Gehirn zur Räson bringen und ihre Augen dazu, nicht solchen Quatsch zu sehen. Eine Klaue mit Krallen, das war unmöglich. Die Bestie, die zu solch einer Tatze gehörte, hätte das Haus verlassen müssen, unmittelbar bevor die Frauen gekommen waren. Eine Sache von Sekunden und Candice und Beate wären auf das Monstrum, den Wolf, die Bestie getroffen.

Bevor sie mit Beate über dieses schiere Glück sprechen konnte, gab es im Obergeschoss gewaltigen Tumult und heftiges Poltern. Es hörte sich an, als würde etwas Schweres zu Boden fallen. Glas klirrte. Gleichzeitig war ein Ächzen zu hören, das ganz und gar nicht menschlich klang. Candice rieselte es kalt den Rücken hinab. Sie wollte weglaufen, sich irgendwo einsperren, vielleicht in einem Schrank, oder mit dem Auto fliehen. Leider war sie am späten Abend erst von einem Termin in München zurückgekommen und ihr Auto hing mit leerem Akku an der Ladestation.

Beate war genauso erschrocken. Trotzdem packte sie Candice und zischte ihr ins Ohr: „Das ist vielleicht Lotte. Wir müssen nachsehen. Sie braucht bestimmt Hilfe."

Candices Knie waren butterweich, als sie und Beate die zerkratzte und zerschrammte Holztreppe nach oben schlichen. Sie versagten ihren Dienst beinahe vollständig, als am Ende des Flurs verwischte Blutstropfen begannen, die innerhalb weniger Zentimeter dichter und zahlreicher wurden. Eindeutig kam das Blut aus dem Elternschlafzimmer. Diesmal gab es auch keinen Zweifel, ob es sich um Blut oder Marmelade handelte.

Die Rollläden waren nicht geschlossen, der Vollmond schien herein und erhellte das Schlafzimmer. Zusätzlich fiel Licht aus dem Treppenhaus auf das fürchterliche Bild, das sich bot. An der Wand über dem Bett prangte ein gewaltiger Blutfleck, aus dem dicke Tropfen sich nach unten schälten. Auf halber Höhe klaffte ein handgroßes Loch im Verputz, das bis aufs Mauerwerk reichte. Eine enorme Wucht hatte den Putz herausgerissen, der nun auf dem Ehebett und daneben in Einzelteilen und Bröseln lag. Candice konnte erkennen, was gepoltert hatte. Eine kleine Kommode war umgeworfen und das Glas in der Abdeckung zersprungen. Scherben und Splitter bedeckten den Fußboden.

Mit ausgebreiteten Armen lag mit dem Gesicht nach unten Lottes Ehemann auf dem Bett. Candice erkannte ihn an der zerfetzten Jeans und dem K-Pop-Shirt, das er immer trug, um jünger und hipper zu wirken. Von seinem Körper war nicht mehr viel übrig, das an Ort und Stelle war. Ihm hing das Fleisch in Streifen von den Knochen, das Gesicht lag vom Schädel getrennt auf einem kleinen Teppich vor dem Bett. Die Wunden waren allesamt fransig ausgerissen, der Körper im wahrsten Sinn des Wortes halb auf den Boden gerutscht. Teilweise lagen die Beine am Boden, mindestens ein Oberschenkel und ein Fuß. Der Leichnam war zerstückelt, die Gedärme verteilten sich über das Bett. Es roch nach Blut, Innereien und Schweiß, nach allem, was ein Körper im Todeskampf von sich gab.

Beate japste. „Er ist zerfleischt worden, vollkommen zerfetzt und zerrissen. Einzelteile, nur Einzelteile sind übrig. Wie bei einem Puzzle."

Es stank fürchterlich und wenn Candice sich nicht vorhin übergeben hätte, wäre dies der richtige Zeitpunkt dafür gewesen. Ihr war schlecht. Sie versuchte zu schlucken, aber da war keine Spucke in ihrem staubtrockenen Mund. Ihr Blick wurde schwummrig und eng. Sie machte zwei kleine schlurfende Schritte rückwärts.

Plötzlich erschrak sie zutiefst. Hinter sich hörte sie ein Wimmern, ganz leise, und trotzdem machte sie einen Satz in die Höhe. Sie sah sich schon tot auf dem Bett liegen, ebenso zugerichtet wie Hein Betman.

„Lotte!", stieß Beate aus.

Tatsächlich kauerte in der Ecke des Schlafzimmers zwischen einem umgekippten Rollkoffer und der Wand Lotte. Sie zitterte am ganzen Leib, ihre Lippen bebten, sie hatte eingenässt.

Einer inneren Eingebung folgend ging Candice neben ihr auf die Knie und tastete ihre Schultern und das Gesicht ab. „Lotte", flüsterte sie, „geht es dir gut? Was ist hier passiert? Wer war das?"

„Was", gab Lotte mit brüchiger Stimme zurück.

„Was?"

„*Was* war das?", hauchte sie.

Sie drückte sie fest an sich und strich ihr über das schweißnasse Kopftuch, das sie über ihren Lockenwicklern trug. Ganz offensichtlich stand sie unter Schock und wusste nicht, was sie sprach. Ihre weit aufgerissenen Augen konnten sich von der grauenhaften Szene auf dem Ehebett nicht lösen. Candice spürte unter ihren Fingerspitzen den Puls rasen und die Gänsehaut, die sich über ihre Arme zog. Die Ärmste stand völlig neben sich.

„Lotte", sagte Beate besonnen und ruhig. „Wo ist ein Telefon? Wir müssen die Polizei rufen, damit sie den Mörder schnappen."

Ein heftiges Schaudern ließ Lottes Leib schütteln und beben. Zitternd streckte sie den Arm aus. Sie hielt ein Telefon mit den Fingern fest umklammert. „Es geht nicht", wisperte sie. „Kaputt."

Beate schnaubte. „Hat der Mistkerl das Kabel durchtrennt. Er denkt wirklich an alles."

Candice räusperte sich. „Komm, Lotte, wir gehen nach unten ins Wohnzimmer. Du solltest nicht hier oben bleiben."

Der Anblick war fürchterlich genug, um sich im Bruchteil einer Sekunde für immer ins Gedächtnis zu brennen. Er musste nicht tausendfach wiederholt, beschrieben, vertieft werden. Es war wirklich besser, dieses blutbesudelte Zimmer zu verlassen und Lotte nach unten auf die Couch zu bringen. Candice wollte ihr beim Aufstehen helfen und fasste sie unter dem Arm. Als sie sich hochstemmte und einen guten Teil ihres Gewichts auf sich lasten spürte, hatte sie das Gefühl, in einen eiskalten Luftzug zu treten. Vor ihrem Gesicht bildete sich ein leichter Nebelhauch wie an einem eisigen Wintertag. Die Nacht war kalt für eine Nacht im August, aber längst nicht kalt genug, um Atem zu Nebel werden zu lassen. Erst recht nicht in einem Schlafzimmer mit geschlossenen Fenstern.

„Es ist eisig hier drin", stellte auch Beate fest und rubbelte sich die Arme. „Habt ihr eine Klimaanlage laufen? Die sollte überprüft werden, sie dampft ja wie ein Walross."

Aus dem Augenwinkel glaubte Candice eine furchtbare Gestalt zu erkennen, ein Monstrum, zwei Meter groß, mit Klauen statt Füßen und Händen, deren Finger krallenartig verkrampft waren. Dichtes Wolfsfell unter einer Fratze, die nichts Menschliches an sich hatte. Verzerrte Lippen, blutunterlaufene Augen, überlange Eckzähne. Ein Ungeheuer, eine Bestie von gewaltiger Kraft, gebogene Hörner auf dem Kopf voll drahtigem Pelz.

Ein Blinzeln später war die Gestalt verschwunden und das eisige Gefühl genauso. Beate hatte eine kleine Schalttafel neben der Tür gefunden und die Klimaanlage abgestellt. Candice erkannte im Spiegelschrank die Marionetten eines Kasperletheaters, die vor dem Fenster baumelten. Die Prinzessin in ihrem purpurroten Kleidchen mit dem funkelnden Diadem auf dem Kopf, der König mit einer mächtigen Krone, das Krokodil mit langen, scharfen Zähnen und boshaften Klauenhänden. Die Großmutter mit weißer Schlafhaube und natürlich Kasperle mit seiner Zipfelmütze und der Dummbatz mit dem Seppelhut. Der Wachtmeister baumelte als letzter in der Reihe und seine Messingknöpfe glänzten im Mondlicht. Es war erstaunlich, was ihr Gehirn aus diesen harmlosen Puppen gemacht hatte in der Reflexion eines etwas gekrümmten und schlecht beleuchteten Spiegels.

„Komm." Candice hatte sich von dem Schrecken erholt. „Wir gehen nach unten. Wir legen dich auf die Couch."

Sie stützte Lotte mit all ihrer Kraft und Beate raunte ihr ins Ohr: „Ich laufe schnell nach Hause und rufe von dort die Polizei. Mein Telefon geht bestimmt, ich habe erst am Nachmittag lange mit meiner Freundin telefoniert."

Sie war schneller weg als Candice protestieren konnte und Lotte kam viel langsamer in die Höhe als Candice gehofft hatte. Sie zerrte an Lotte und richtete trotz aller aufgebotenen Kraft wenig aus. Sie musste warten, bis Lotte sich endlich selbst vom Boden hochgestemmt hatte.

Sie ließ ihren Blick erneut durchs Zimmer schweifen, zurück zu dem Loch im Verputz. Dort war etwas. Es war ihr zuvor schon aufgefallen, aber erst jetzt fand sich die Gelegenheit, es genauer anzusehen. Es steckte im Loch und offensichtlich war es für die Beschädigung der Wand verantwortlich. Unter seitlichen ruckelnden Bewegungen konnte Candice das Ding aus dem Loch rütteln. Sie starrte es an, fassungslos und ungläubig. Das konnte nicht sein. Das war nicht möglich.

„Was hast du da?", wollte Lotte wissen und blitzschnell ließ Candice den Gegenstand in ihrer Jackentasche verschwinden.

Sie packte Lotte unter der Achsel und zerrte an ihr. „Nichts", schwindelte sie. „Es ist bloß ein Fussel."

Als Candice Lotte über den Flur schleifte, denn gehen konnte Lotte mit ihren zittrigen Beinen kaum selbst, spürte sie den gefundenen Gegenstand wie ein glühend heißes Messer in ihrer Tasche. Eine Kralle. Obwohl sie im Mondschein bloß einen flüchtigen Blick darauf hatte werfen können, handelte es sich eindeutig um eine Kralle. Länger als ihre Hand vom Handgelenk zu den Fingerspitzen, härter als der Stein, an dem sie vor Jahren einmal das Klettern ausprobiert hatte.

Die Marmelade war inzwischen überall im Eingangsbereich und schlimmer war das Blut, das nun verteilt wurde. Es klebte an Lotte, als hätte sie darin gebadet. Ihre Socken zogen bizarre Schleifspuren, die sich mit denen mischten, die wohl Beate hinterlassen hatte. Sie schien den riesigen Marmeladensee vergessen zu haben, war hineingetreten und draußen vor der Tür waren mehrere Abdrücke ihrer Sportschuhe zu sehen, die nach und nach schwächer wurden. Sie hatte ziemlich große Füße für eine so schlanke Person.

Kapitel 3

Lotte zitterte wie Espenlaub. Candice konnte sie nicht beruhigen und ihre eiskalten Hände und Füße nicht aufwärmen, selbst mit allen Decken nicht, die sie im Wohnzimmer finden konnte. Schließlich durchsuchte sie den Schrank nach der obligatorischen Hausbar und fand eine stattliche Ansammlung Alkoholika. Sie wählte den braunen Rum, damit er Lotte hoffentlich auf die Beine brachte. Aus der Küche holte sie ein Wasserglas, das sie halb füllte.

„Hier." Candice reichte Lotte das Glas Rum. „Tut dir bestimmt gut."

Sie kippte sich den Rum in den Rachen ohne zu schlucken und reichte es Candice zum Nachfüllen. Okay, nicht jeder vertrug geschätzte hundertfünfzig Milliliter Rum auf ex, andererseits erlebte nicht jeder einen solchen Anblick. Candice setzte selbst die Flasche an die Lippen und kümmerte sich um den restlichen Rum. Ein ordentlicher Schluck, der die Kehle aufheizte und die Gänsehaut vertrieb. Sie musste sich schütteln.

„Er liegt tot auf dem Bett", ächzte Lotte mit immer wieder abbrechender Stimme. „Die Arme auseinander, wie unser Heiland."

Candice waren die Kreuze und Marienbilder aufgefallen, die an mehreren Stellen im Haus platziert waren. Ein Kruzifix über der Eckbank am Esstisch hatten in dieser Gegend viele Leute, ein Kreuz im Schlafzimmer neben der Eingangstür nur wenige. Die Muttergottes blickte versonnen von einem Podest im Flur herab und in der Küche wachte sie von einem goldgerahmten biederen Bild über die Vorgänge der Nahrungsmittelzubereitung. Heilige, die Candice nicht kannte, guckten von kitschigen Bildern auf das Leben im Haus. Den Heiligen Christopherus, den erkannte Candice am Jesuskind auf der Schulter.

„Ich habe", murmelte Lotte, „ein Glas voller Marmelade umgetreten, als ich heimkam. Das stand vor der Tür; wahrscheinlich hat es Frau von Waals hingestellt. Sie kocht viel mehr Marmelade als sie selbst essen kann und verschenkt die Überschüsse. Ich bin mit dem Fuß dagegen, es platzte auf die Fußmatte und zerbrach wie ein aufgeschlagenes Ei in zwei Teile. Die Scherben habe ich draußen ins Gras gelegt, neben das Brennholz. Bevor ich saubermachen konnte, wollte ich die Polizei rufen, da höre ich von oben ein Geräusch. Plötzlich schoss etwas an mir vorbei. Ich stand wie vom Donner gerührt, völlig schockiert. Es war ein…" Sie suchte nach Worten und kurbelte dabei die Hände wie Räder. „Ein Tier. Es war ein wildes Tier, ein Monstrum. Ein Wolf oder ein Panther. Jedoch viel größer. Wie ein schwarzer Tiger. Gibt es schwarze Tiger? Hein lag tot auf dem Bett." Sie schüttelte den Kopf. „Dieses Vieh ist zur Tür raus, Hein liegt tot im Bett."

Sie riss den Kopf herum und starrte Candice mit aufgerissenen Augen und großen Pupillen an. Der Alkohol schien seine Wirkung zu tun. „Das war der Teufel. Luzifer höchstselbst hat ihn in Stücke gerissen, als Strafe für seine Sünden. Luzifer in Gestalt eines Wolfes, eines sehr großen, zornigen, wütenden Dämons."

Candice tastete mit der Hand nach der Kralle in ihrer Tasche. Obwohl es unmöglich schien, musste es so sein, wie Lotte behauptete, dabei hatte Candice längst nicht genug Rum intus, um diesem Gedankengang folgen zu können. Sie nahm die Hand aus der Tasche. Später, allein, war der bessere Zeitpunkt, um die Kralle genauer zu untersuchen. „Ist der Teufel nicht eher ein Freund sündiger Taten? Er sühnt sie nicht, er belohnt vielmehr. Falls dein Mann wirklich was auf dem Kerbholz hatte, hätte der Teufel ihm als Dank einen Sack Goldstücke hingestellt."

„Beelzebub war es", beharrte Lotte. Ihre Zunge war nicht mehr so beweglich wie vor dem Rum, dafür blinzelte sie häufiger. „So wird dir im Tod vergolten, was du im Leben gesät hast. Deine Taten auf Erden werden dir im nächsten Leben tausendfach heimgezahlt. Der Teufel hat ihn geholt, der Satan war es. Luzifer." Sie hickste und rülpste laut. „Der Teufel mit seiner hässlichen Fratze und den Wolfsklauen hat meinen Ehegatten zu sich in die Verdammnis geholt."

Langsam, Schritt für Schritt, war Candice zurückgewichen, bis sie neben der Minibar stand und nach einem anderen alkoholischen Getränk zu suchen begann. Sie konnte Lotte nicht von einer Sekunde auf die andere ausnüchtern, da war es bestimmt besser, sie mit einem weiteren Wasserglas voll Alkohol in tiefen Schlaf zu befördern.

„Der Herr der Finsternis, der Höllenfürst." Sie lallte fürchterlich und sackte auf der Couch in sich zusammen. Mit dem leeren Glas in der Hand hielt sie fuchtelnd und zeternd eine Rede auf ihren verstorbenen Mann. „Das hast du Drecksack davon. Nun hat dich der Teufel geholt und wie es aussieht, hatte Gottes gefallener Engel seinen Spaß mit dir. Er hat dich ganz schön durchgewalkt."

Candice fing ihre taumelnde Hand mit dem Glas ein und schenkte nach. „Lotte, du bist nicht bei Sinnen. Kann ich jemanden verständigen, der dir beisteht und hilft?" Wo blieb überhaupt Beate mit der Verstärkung?

„Weißt du", sagte Lotte und diesmal wirkte sie nicht annähernd betrunken, „mein Mann war ein Schwein."

Candice prostete ihr zu: „Du hast zu viel getrunken und weißt nicht, was du sagst."

„Er war ein Betrüger." Ihre Stimme klang felsenfest. „Bei der Mauschelei mit dem Baugebiet hat er ordentlich Geld gemacht und obendrein ein Grundstück ergaunert." Plötzlich streckte sie ihren Zeigefinger wie eine Antenne in die Höhe. „Zusammengezählt ist das mehr als eine Million. Weit mehr als eine Million hat der ach so ehrenwerte Herr Gemeinderat sich ergaunert." Sie wollte sich die Haare raufen und blieb mit den Fingern in den Lockenwicklern hängen. „Vor mir hat er es verheimlichen wollen, vor seiner Frau. Hat ein Konto bei einer Bank in Norddeutschland aufgemacht und sich das Geld dorthin überweisen lassen, damit ich nicht Wind davon kriege. Das Grundstück", hickste sie, „das hat er einem Makler zum Verkaufen übergeben. Von dem Geld sollte ich freilich auch nichts erfahren, aber ich bin meinem Herrn Gemahl draufgekommen. Er hat ein uneheliches Kind in Berlin. Von wegen ständig auf Dienstreise. Seinen Sprössling hat er jeden Monat besucht. Zwei Jahre ist der Kleine alt."

Candice fiel die Flasche Himbeergeist aus der Hand.

„Ja, zwei Jahre. Mein Mann war ein Betrüger durch und durch. Er hat die anderen betrogen und mich auch." Lotte stand auf, sehr gerade und überhaupt nicht wackelig, und ging zu der Topfpflanze, die neben der Terrassentür stand. Dort kippte sie den Alkohol in die Erde. „Die Affäre geht seit Jahren. Seit Jahren! Mit einem Mädchen, das gerade mal siebzehn ist. Siebzehn! Das heißt, sie hat das Kind bekommen, da war sie fünfzehn. Gevögelt hat er sie, da war sie vierzehn. Mieses Schwein." Als sie Candice nun anschaute, liefen ihr Tränen über die Wangen. „Allein die Vorstellung bringt mich zum Kotzen. Mein Mann mit seinen gut fünfzig Jahren vögelt ein Mädchen, das gerade vierzehn ist. Sie macht die Beine breit für teure Geschenke, ein Smartphone, Markenklamotten, schicke Kurzreisen. Ein Sugardaddy wie aus dem Bilderbuch. Ich weiß nicht, wer mich mehr anwidert."

Candice wusste nicht, was sie sagen sollte.

„Es ist rausgekommen", sagte Lotte, „als ich sein Passwort für den Laptop erraten habe. Er war unterwegs, irgendwohin zum Klettern mit seinem Kumpel, und mein Computer ging nicht. Ich musste dringend eine Überweisung machen, weil ich schon drei Tage überm Zahlungsziel war, und bei meinem Tablet war der Akku leer. Da dachte ich, ich könnte sein Passwort erraten. Wir sind so lange verheiratet, da dürfte es kinderleicht sein, ein Passwort zu erraten. War es auch. Fürchterlich einfach. Das war richtig schlimm." Sie lehnte sich an die Wand und wischte sich die Tränen weg. „Da habe ich Bilder gesehen von ihm und dem Mädchen und dem Kind. Ich habe Mails gelesen wegen des Grundstücks, des Kontos und wegen all dem Geld. So viel Geld." Sie machte das Kreuzzeichen mit der Hand. „Mir hat es den Magen umgedreht, als ich den Kontostand gesehen habe. Weißt, mir hat er kein Haushaltsgeld gegeben, ich musste immer von meinem kleinen Nebenjob-Geld einkaufen gehen und davon auch alles für die Jungs kaufen und jeden Cent umdrehen, während der feine Herr eine Million auf dem Konto liegen hat und außerdem ein Grundstück schweinsteuer verkaufen wollte."

Plötzlich schnellte ihr Finger in die Höhe. „Ich habe alles auf einen Stick gespeichert, um es der Polizei zu geben. Das viele Geld und das Grundstück stehen ihm nicht zu, das ist kein ehrliches Vermögen. Bei der Polizei haben sie gesagt, es sei kein Verbrechen, ein Grundstück zu besitzen und reich zu sein und der Gattin nichts davon zu erzählen. Rechtlich einwandfrei, ja, moralisch korrekt war es nicht."

Ihre Beine gaben nach. Sie rutschte an der Wand hinab zu Boden. „Er war ein Schwein. Er hatte seine Finger im Spiel, als sie den alten Keppler über den Tisch gezogen haben." Sie hob den Blick und guckte Candice mit verweinten Augen an. „Genaugenommen trägt er eine Mitschuld am Selbstmord des alten Kepplers, am Tod seiner Frau, am Wahnsinn seiner Tochter. Wenn ich meinen Mann angesehen habe, musste ich immer daran denken. Jetzt…" Sie holte tief Luft. „Jetzt ist er tot."

Lotte setzte sich zurück auf die Couch. Sie wirkte kein bisschen betrunken oder unzurechnungsfähig. „Jetzt ist er tot. Er hat seine gerechte Strafe kassiert. Auge um Auge, Zahn um Zahn." Sie sinnierte vor sich hin, mehr murmelnd als erzählend. „Jetzt erbe ich das Grundstück und das viele Geld und einen Batzen Geld von seiner Lebensversicherung. Ich kann zwar das Leben der Kepplers nicht zurückgeben, aber wenigstens das Geld, das mein Mann durch den Betrug ergaunert hat."

Weil Alkohol offenbar nicht half, räumte Candice den Himbeergeist zurück in die Bar. Zum Glück war die Flasche auf dem Boden nicht zerschellt, sie hatte nur eine Kante des Fliesenbodens etwas abgesplittert. „Wenn dein Mann dich so anwidert, hättest du dich scheiden lassen können."

Die Antwort dauerte. Sie schien nachzudenken oder zumindest in ihrer eigenen Gedankenwelt verloren zu sein. Laut knackend knibbelte Lotte an ihren Fingernägeln. „Bis der Tod euch scheidet", sagte sie schließlich. „Bis der Tod euch scheidet. Wenn man diese Worte spricht, denkt man nicht richtig über ihre Bedeutung nach. Das Übel begreift man erst, wenn einem die Kacke bis zum Hals steht."

Candice lag eine flapsige Bemerkung auf der Zunge, die sie in letzter Sekunde schlucken konnte. Sie legte Lotte die Hand auf die Schulter. „Soll ich jemanden informieren, der dir nahesteht? Sobald Beate mit der Polizei kommt, kann ich von mir daheim aus anrufen. Dein Telefon geht ja nicht."

Lotte wirkte nun sehr gefasst. „Das ist nicht ungewöhnlich. Wenn der Fürst des Fegefeuers zuschlägt, können irdische Energiekreise schon mal die Fassung verlieren." Sie stand auf und strich das T-Shirt glatt, das sie trug. Es war blutgetränkt, wahrscheinlich hatte sie versucht Hein auf den Rücken zu drehen. Durch die zahlreichen offenen Wunden hatte er sehr viel Blut verloren und ein Großteil schien auf ihr gelandet zu sein. Ihre Hose war ebenfalls voller Blut und jetzt auch die Couch. „Ich werde eine Kerze anzünden und zu beten beginnen. Könntest du den Pater informieren?"

„Den Pfarrer?"

„Pater Nikodemus, ja, bitte. Damit er mir hilft, für das Seelenheil meines Mannes zu beten."

„Den Pfarrer also", zuckte Candice die Schultern. „Kann ich dich alleinlassen? Beate und die Polizei verspäten sich."

„Die Polizei braucht es nicht." Lotte hatte in einer Schublade eine Kerze gefunden und zündete sie an. Sie legte eine Bibel daneben. „Was soll die Polizei ausrichten? Sie wird Luzifer und seinen Dämon nicht festnehmen können."

Bei diesem Geschwafel begann Candice zu zweifeln, ob der Alkohol nicht doch wirkte. „Den Pfarrer also."

Candice war nicht mal aus der Tür hinaus, als sie Lotte mit dem Vaterunser anfangen hörte. Ihre Stimme hatte den typischen Singsang von Frauen, die viel und oft beteten. Die Worte verschwammen zu einem Brei, aus dem Candice nur einzelne Worte verstand. Sie zog die Tür hinter sich zu.

In den Sträuchern raschelte der Wind und über ihrem Kopf zogen Fledermäuse ihre Bahnen. Es war kühl für diese Nacht mitten im August. Candice fröstelte noch viel mehr, wenn sie an das dachte, was in Lottes Haus passiert war. Ein Wolf? Der Teufel?

Sie betrachtete ihre käsigen Hände im Mondlicht, die die Kralle vorsichtig hielten. So etwas hatte Candice schon einmal gesehen, als sie vor vielen Jahren mit ihrer Tochter im Museum war. Die Kleine stand auf Dinosaurier und wollte alles darüber wissen. Was lag näher, als im prähistorischen Museum vorbeizuschauen. Dort gab es Krallen von fleischfressenden Dinosauriern und sie sahen genauso aus wie die Kralle, die Candice aus dem Schlafzimmer stibitzt hatte. Sie steckte die gebogene Kralle aus hartem Stein, die tatsächlich Spuren von trockenem Blut zeigte, zurück in die Jackentasche. Zum jetzigen Zeitpunkt konnte sie sich keinen Reim auf diese Kralle machen, jedenfalls fand sie keine Erklärung, die nicht völlig absurd war.

Beim Hochgehen schnippte sie einige Steinchen vom Fußweg in den Grünstreifen, obwohl sie beim Rasenmähen immer heftiges Scheppern verursachten.

Von Beate war rein gar nichts zu sehen. Candice hatte gehofft, ihr auf dem Fußweg oder der Straße zu begegnen. Im Blutfleck vor Roberts Cabrio fehlte Beates Handtuch, wahrscheinlich hatte sie es mitgenommen. Das Silberding lag noch unter der Karre. „Wollte Beate nicht fragen, ob er sein Auto wegfahren kann?"

Candice trat entschlossen an das Haus heran, in dem Beate in der unteren Wohnung lebte. Es war ein Mehrfamilienhaus. Sie hatte die Wohnung im Erdgeschoss, über ihr wohnte eine alleinerziehende Lehrerin mit einer ziemlich garstigen Tochter und unterm Dach gab es wohl einen Künstler, von dem man selten etwas sah und hörte. Er ließ sich alles, was er brauchte, ins Haus liefern. Oft kamen an einem Tag drei oder vier Pakete und in den meisten waren Pinsel, Farben oder Lebensmittel.

Candice hatte vor einiger Zeit seinen Namen ins Internet getippt, aber nichts darüber herausfinden können, ob er berühmt war oder nicht. Manche Leute im Dorf meinten, er müsse sehr berühmt und seine Bilder ein Vermögen wert sein. Schließlich setzte er keinen Fuß vor die Tür und bezahlte trotzdem alle Rechnungen pünktlich. Handwerker, die mit ihm zu tun hatten, bekamen immer ein sehr üppiges

Trinkgeld. Andere Stimmen munkelten, die Malerei sei bloß vorgeschoben, in Wirklichkeit verdiene er sein Geld mit krummen Internet-Geschäften oder Börsenspekulation.

Beates Mitbewohner interessierten Candice derzeit nicht. Sie holte aus ihrem Haus ihr Handy und während sie den Notruf wählte, klingelte sie gleichzeitig an Beates Tür. Sie hielt sich nicht mit einem sachten Klingeln auf, sie drückte die Taste bis zum Anschlag durch und wartete mehrere Sekunden ab. Das laute Surren konnte sie durch die geschlossene Tür hindurch hören.

Verbindungsaufbau nicht möglich, war auf dem Display zu lesen. Candice fluchte laut und stampfte mit dem Fuß auf. Anscheinend war der Sendemast schon wieder offline. Es wuchs sich zu einem mittelgroßen Drama aus, denn der Sendemast war seit Wochen mehr offline als online und die Dorfbewohner mobil nicht zu erreichen.

Candice wischte und tippte auf dem Handy herum und ging einige Meter zurück, bis sie Empfang für ihr WLAN daheim hatte. Zumindest zeigte das Handy nun eine Verbindung zum Router an, telefonieren ließ es sie allerdings nicht. Kein Notruf, kein Internet. Sie versuchte an die Homepage der hiesigen Pfarrei zu kommen, um den Pfarrer zu verständigen, oder wenigstens eine Suchmaschine zu aktivieren. Vergebens. Keine einzige Seite ließ sich aufrufen.

Endlich öffnete Beate die Tür. Sie sah völlig anders aus als vorhin, geduscht, frisch angezogen, die Haare gekämmt. „Gerade wollte ich zu euch zurück", säuselte sie. Sie drängte Candice rückwärts und zog die Tür zu, nachdem sie sich ihren Schlüssel an einem Band um den Hals gehängt hatte. „Der

Robert ist nicht da, da macht keiner auf. Außerdem gibt es kein Internet und kein Telefon. Das Dorf ist offline."

„Woher willst du das wissen?" Candice zeigte die Straße entlang. „Dort vorne ist unser Verteiler. Wahrscheinlich ist nur der kaputt, der Rest vom Dorf hat bestimmt Internet." Candice machte sich auf den Weg in die Dorfmitte, um notfalls den Pfarrer persönlich aus dem Bett zu klingeln.

Beate folgte ihr. „Ich habe die Guggemoos Hanni getroffen", sagte sie. „Sie ist auf der Suche nach ihrem Sohnemann, der auf dem Handy nicht zu erreichen ist. Er nicht und keiner seiner Kumpels. Sie sind alle im Moos, um den Kokos zu suchen."

„Und den Schierler Hans", sagte Candice. „Die sind wohl beide verschwunden."

„Denen ist was passiert", meinte eine Stimme hinter ihnen. Candice sah über die Schulter Frau Müller hinterher gehen. Sie wohnte auf der anderen Straßenseite und hatte ihren Eingang zur nördlichen Seite hin. Candice konnte von ihrem Haus auf deren Garten gucken, wobei eine Reihe dichter Büsche die Sicht blockierte. Wenn Candice Frau Müller sah, stand diese auf dem Balkon und zupfte die Geranien. Sie hatten kaum Kontakt, es sei denn, der ungezogene Hund der Müllers strawanzte bissig durchs Dorf und Candice machte Frau Müller darauf aufmerksam.

„Denen soll was passiert sein?", fragte Candice nach. „Was denn?"

Frau Müller folgte ihnen mit aller Entschlossenheit und machte große, kräftige, ausladende Schritte. „Weiß der Himmel. Meine beiden Enkelkinder sind jedenfalls auf der

Suche nach den beiden. Man hat wohl den klapprigen Drahtesel vom Schierler Hans gefunden."

„Was soll denen passiert sein?", überlegte Candice. „Eigentlich ist hier alles sehr friedlich."

„Habt ihr nichts mitbekommen?", fragte Frau Müller. „Seit ein paar Tagen streift ein Untier durchs Moos, hinter dem der Jäger her ist."

Beate sprang sofort darauf an: „Davon habe ich gehört. Es soll eine Bestie sein." Sie nickte Candice heftig zu. „Die Oberstallerin hat's erzählt. Mit eigenen Augen hat sie die Bestie im Moos laufen sehen." Sie senkte die Stimme. „Der Berscht soll es sein."

Candice stutzte. „Der was?"

„Der Berscht", flüsterte Beate. „Das Ungetüm aus der Hölle, diese Bestie, größer als jeder Wolf, wilder als ein Löwe. Er sucht nach dunklen Seelen, um sie in die Hölle zu holen."

„So ein Quatsch", meinte Candice.

Beate zuckte die Schultern. „Die Oberstallerin erzählt es und sie ist sehr überzeugend. Sie hat sogar ein Handyvideo gemacht, als sie mit der Pfannenschmieder Liesl für den Eichenschutzverein unterwegs war. Da sieht man den Berscht im dunklen Wald."

Ein weiterer Name. Candice suchte in ihrem Gedächtnis nach einer Familie Pfannenschmieder, ohne eine zu finden. „Wo wohnt sie denn, die Pfannenschmieder Liesl?"

„Na, dort vorne. Erste Straße links, der Hof auf der rechten Seite. Der größte Hof im Ort." Frau Müller erklärte es, als würde sie erklären, wie man Kaffee kocht. „So neu sind Sie im Ort nicht."

„Sie meinen den Hof der Familie Weiß? Die Weiß Liesl?"

„Weiß!", stieß Frau Müller aus. „Die mögen auf dem Papier Weiß heißen, bekannt sind sie alle unter dem Hofnamen Pfannenschmieder. Das waren immer Pfannenschmieder, alle zusammen. Kann ja der alte Pfannenschmieder nichts dafür, wenn seine Frau ihm eine Tochter geboren hat und keinen Hoferben, der den Namen weiterträgt."

So kam durch Heirat mit Daniel Weiß der Nachname Weiß in die Familie. Für die angestammten Leute im Dorf allerdings blieb der ursprüngliche Familienname als Hofname in aller Munde.

„Der Berscht ist ein Fabelwesen", sagte Candice. „Wie der Wolpertinger, Einhörner oder Drachen."

„Er hat Federvieh gerissen", sagte Beate. „Vier Hühner, drei Gänse und ganze fünf Enten innerhalb einer Woche. Die Pfannenschmieder Liesl ist außer sich vor Wut. Sie hat den Pater bestellt, damit er ihren Geflügelhof segnet. Als Schutz gegen den Berscht."

„Frisst der Berscht Vögel?", staunte Candice.

„Der Berscht giert nach schwarzen Seelen", winkte Beate ab. „Wahrscheinlich war es ein Hund, der die Hühner gerissen hat. Ihrer vielleicht, Frau Müller? Haben Sie Ihren Hund immer schön festgemacht?"

„Was geht Sie es an, wie wir unseren Hund zu halten pflegen?", schnappte Frau Müller zurück. „Das ist überhaupt nicht Ihre Angelegenheit. Halten Sie sich raus."

„Ein bissiger Hund", konterte Beate, „ist in einem belebten Dorf jedermanns Angelegenheit."

„Unser Hund ist nicht bissig!", behauptete Frau Müller. „Den darf man jederzeit streicheln."

Candice musste den Streit abbrechen, bevor die Frauen mit Fäusten aufeinander losgingen. „Es geht jetzt überhaupt nicht um einen Hund. Zwei Männer sind verschwunden."

„Exakt", nickte Frau Müller. „Deshalb würde ich gern wissen, wohin Sie beide gehen? Wenn Sie bei der Suche helfen möchten – das Moos liegt in der anderen Richtung."

„Zum Bushäuschen", sagte Beate sofort. „Dort gibt es eine alte Telefonzelle, die vielleicht funktioniert. Das ganze Dorf ist nämlich offline."

„Das Münztelefon ist voriges Jahr abgebaut worden", wusste Candice. „Ich möchte bei Gartingers klingeln und fragen, ob sie auch offline sind. Die sind zwei Verteiler von uns entfernt und haben bestimmt Internet. Wahrscheinlich hat bloß unser Verteiler schlappgemacht, der ist nicht gerade modern."

„Ach?", schnurrte Frau Müller herablassend. „Und was ist mit uns? Wir sind auch offline."

„Sie hängen an unserem Verteiler dran. Der versorgt die Hauptstraße dorfauswärts und die Straße zum Weiher hoch."

Beate schnaubte. „Woher zur Hölle weißt du das alles?"

Candice zuckte die Schultern. Was ging es die Nachbarn an, wofür sie sich interessierte?

„Warum sind Sie eigentlich hinter uns her?", fuhr Beate herum und sie herrschte Frau Müller ziemlich barsch an. „Treten Sie mir gefälligst nicht immer in die Hacken."

Frau Müller hielt etwas mehr Abstand. „Ich muss meine Enkelkinder irgendwie erwischen und nach Hause holen. Dafür will ich mir das Auto von der Kathi leihen. Wissen Sie, ich selbst habe kein Auto, ich fahre alles mit dem Bus. Meine

Tochter hat bloß ein altes E-Auto und da ist der Akku ständig leer. Der ist irgendwie kaputt. Es ist allerdings wichtig, die Kinder nach Hause zu holen. Sofort."

Etwas an ihrer Stimme ließ Candice aufhorchen. „Warum? Niemand vom Suchtrupp ist allein im Moss, es ist vollmondhell und von einem Gewaltverbrechen ist nicht auszugehen. Kein Grund, sich Sorgen zu machen. Wahrscheinlich sitzen Ihre Enkel auf einem Hochstand und kippen ein Bier nach dem anderen. Wäre ja nicht das erste Mal."

Die Schritte waren deutlich in der Nacht zu hören. Unter Büschen und in Hecken knisterte und raschelte es, einige Grillen zirpten. Vor dem Haus linker Hand schwirrten Glühwürmchen herum, ein Anblick, den Candice seit ihrer Kindheit nicht mehr gesehen hatte. „Schaut mal, Glühwürmchen."

„Glühwürmchen!", stieß Frau Müller aus. „Was kümmern mich blöde Glühwürmchen. Die Oberstallerin sagt, es streife eine Bestie durchs Moss. Sie behauptet, es sei der Berscht, ich glaube, es ist ein Wolf. Vorhin haben zwei Spaziergänger sich unterhalten und ebenfalls von einem Wolf gesprochen. Ich habe den Mann deutlich verstanden. Es soll ein Wolf umgehen."

„Wölfe fressen keine Menschen", sagte Candice. „Er nimmt Reißaus, sobald er Menschen wittert."

„Dieser nicht. Bei diesem Wolf ist die Sache anders." Frau Müller senkte die Stimme. Sie waren bei Familie Gartinger angekommen und Candice drückte den Klingelknopf mehrmals hintereinander lange und ausdauernd. Das war schließlich kein Klingelstreich.

„Dieser Wolf", fuhr Frau Müller fort, „hat nicht bloß einen Hund verletzt, er hat auch den Besitzer des Hundes totgebissen. Diese Information gibt es nur unter Hand, aber es ist kein Zweifel möglich. Die Bürgermeisterin weiß es. Es war ein Wolf, der dem Hund einen Prankenhieb versetzt und das Herrchen totgebissen hat." Sie senkte die Stimme weiter ab und war kaum mehr zu hören. „Die Sonne war noch nicht untergegangen, als es oben im Moos passiert ist. Jeder weiß, wie gefährlich die Zeit in der Dämmerung ist. Die Geschöpfe der Nacht machen sich auf den Weg. Sie sind ruhelos, ungehalten, immer auf dem Sprung. Deshalb hat man den Wolf nicht erwischt. Er hat sich aufgemacht, um sein nächstes Opfer zu finden."

„Echt?", entgegnete Beate. „Wer ist es denn?"

„Was weiß ich, was im Kopf dieser Bestie vor sich geht?"

„Der Tote", erklärte Beate. „Wer ist der tote Hundehalter?"

In diesem Moment ging die Tür auf und eine verschlafene Susi Gartinger stand im Morgenmantel in der Tür. „Was soll das? Um diese Zeit?"

„Susi", platzte Candice heraus, „habt ihr Internet oder Telefon?"

„Wir sind alle im Bett", gähnte sie. „Was weiß ich."

„Bitte schau nach. Wenn du telefonieren kannst, muss ich dich bitten, die Polizei anzurufen."

Dieses Wort machte sie sofort hellwach. „Die Polizei?" Sie kam näher zu dem unerwarteten Besuch heran. „Was ist denn passiert? Ist etwas passiert?"

„Der Wolf", drängte sich Frau Müller nach vorn und endlich

platzten die Informationen aus ihr heraus, die sie die ganze Zeit in sich gehalten hatte: „Ein Wolf hat den Stammler Kokos und seinen damischen Hund zerfetzt."

„Den Stammler", flüsterte Susi und fasste sich ans Gesicht. „Der Stammler Kokos ist tot. Was für ein Unglück. Zerfetzt vom Wolf, sagt ihr?"

„Sagt sie", zeigte Candice auf Frau Müller. „Ich weiß nichts von dem Stammler Kokos, ich habe vor wenigen Minuten den Betman Hein tot auf dem Bett liegen sehen. Lottes Mann ist tot, offenbar einem Verbrechen zum Opfer gefallen, und deshalb müssen wir dringend, sehr dringend, die Polizei verständigen."

„Was?", schrie Frau Müller auf. „Der ist auch tot!"

„Ja um Himmels Willen!", giftete Beate, „warum sagst du das nicht? Das ist also seine Blutspur unter Roberts Cabrio?"

„Wie ist er gestorben? Mein Gott, drei Tote in einer Nacht. Das kann kein Wolf sein. Jetzt beginne ich tatsächlich an den Berscht zu glauben. Es ist, wie die Oberstallerin gesagt hat."

„Den Berscht gibt es nicht", sagte Candice schärfer als gewollt. „Er ist ein Fabelwesen."

„Wenn es der Wolf war", überlegte Frau Müller, „hätte man ihn sofort abschießen sollen, aber diese damischen Ökos haben ja mehr Verständnis für die Natur als für die Menschen. Den hätte der Jäger längst abknallen sollen." Frau Müller war drauf und dran zurück zu ihrem Haus zu laufen. Ein paar Schritte später hielt sie an und kam an den Gartenzaun zurück, wo Susi hinter dem verschlossenen Tor zitterte. „Was trödelst denn? Die Polizei muss her! Einen Grapscher und seine Töle können wir verkraften und mit dem Imker habe ich eh nix zu schaffen, aber einen liebenden Ehemann und Vater…" Sie schüttelte den Kopf. „Wenn der Berscht umgeht, ist uns allen nicht mehr zu helfen."

Susi machte auf dem Absatz kehrt und kam wenige Sekunden später mit ihrem Telefon in der Hand wieder zu uns. „Ich habe schon gewählt. Ich musste zweimal wählen, so sehr zittern meine Hände. Beim ersten Mal hatte ich auch die Nummer falsch." Sie wartete. „Da kommt kein Ton." Sie drückte auf dem Telefon herum und hielt es sich ans Ohr. „Ich habe nicht einmal ein Freizeichen."

„Mist!", schimpfte Candice. „Tatsächlich ist wohl das Dorf offline. Wir müssen sofort in die nächste Ortschaft, um Hilfe zu holen. Wer hat ein Auto mit vollem Akku? Susi, du hast bestimmt ein Auto?"

Sie schüttelte den Kopf. „Federn gebrochen, das ist in der Reparatur. Ich klingle meine Schwiegereltern aus dem Bett. Mein Schwiegervater soll fahren, sein alter Daimler springt bestimmt an, der ist zuverlässig."

Da war er wieder, dieser fürchterliche Schrei, der Candices Herz schon zweimal fast zum Stehenbleiben gebracht hätte. Er wallte durchs Dorf wie eine Lawine, brach sich an den Häuserkanten und prallte von den Garagenwänden zurück. Sekundenlang mussten alle zuhören, wie ein Mensch in größter Angst und Panik und unvorstellbarem Schmerz schrie.

Augenblicklich drehten sie sich in unterschiedliche Richtungen. Jede hatte den Schrei anderswo wahrgenommen, jede dachte, den richtigen Ursprung zu kennen. „Von dort!", sagten sie gleichzeitig und deuteten in entgegengesetzte

Richtungen, nur um im nächsten Moment die Meinung zu ändern und einen anderen Bereich anzuzeigen. „Nein, von dort!"

„Das Echo!", stieß Beate aus. „Dieses verdammte Echo! Es ist unmöglich zu sagen, woher der Schrei kam."

„Grundgütiger!", stieß Susi aus, „was war das für ein Schrei? Ich muss meinen Mann wecken und die Kinder in Sicherheit bringen. Im Keller haben wir ein Luftgewehr rumliegen, das soll er sofort hochholen."

„Ich gehe", entschied Frau Müller. „Ich warte nicht, bis irgendwelche Polizei oder ein Nachbar mit einem Luftgewehr kommt. Ich suche meine Enkel selbst. Ein Luftgewehr, wie lächerlich ist das denn."

Trotz ihres Alters begann sie zu joggen, um möglichst schnell zu ihrer Bekannten und dem Auto zu kommen, mit dem sie im Moos die Kinder suchen wollte.

„Mit dem Auto hat sie keine Chance", sagte Beate. „Vom Feldweg aus sieht man bloß einen kleinen Teil und dorthin, wo die Hochstände sind und die Leute suchen, kann man nicht fahren. Da sinkt man sofort ein. Es wäre besser, wir würden uns bewaffnen und selbst ins Moos gehen."

„Das kannst du gern machen", sagte Candice. „Lotte hat mich gebeten den Pfarrer zu holen und das tue ich auch. Immerhin schwafelt sie vom Teufel, der ihren Mann geholt hätte. Beelzebub persönlich soll es sein."

„Tja", gab Beate trocken zurück. „Was man so munkeln hört, war der Hein kein Kind von Traurigkeit. Er hat nichts anbrennen lassen und besonders dann nicht, wenn sein Zielobjekt blond, dürr und vor allem jung war. Auf der letzten

Faschingsparty hat er die Tochter vom Egger Martl angegraben, was ihm ein tiefblaues Veilchen und einen ausgeschlagenen Zahn eingebracht hat."

Davon wusste Candice nichts. „Ich gehe nicht auf Fasching."

„Ich auch nicht", sagte Beate. „Es hat sich im Dorf halt rumgesprochen. Es spricht sich rum, wenn ein verheirateter Mann mit Kindern ein junges Mädchen auf obszöne Art und Weise anbaggert. Die Kleine ist grad vierzehn Jahre alt."

Candice wurde kühl. Sie zurrte ihre Strickjacke enger um sich.

„Ich hole den Pfarrer. Bleibst du hier oder kommst du mit?"

„Ich warte auf Susi", entschied Beate. „Sie braucht Informationen, die sie an die Polizei weitergeben kann. Vielleicht begleite ich sie, sie macht mir einen derangierten Eindruck."

Der Pfarrer, das stellte Candice wenige Minuten später fest, war nicht zu Hause. Vielleicht war er es, aber er hatte sein Zuhause nicht mehr im Ort, sondern in der Nachbarpfarrei, die ihm ein hübsches neues Haus gebaut hatte, wie auf dem Foto, das an der Tür hing, zu erkennen war. Im Haus neben der Kirche gab es nun das Pfarrbüro mit Öffnungszeiten, die diese Bezeichnung nicht verdienten, und am Fenster den Hinweis, im Notfall die Handynummer des Paters zu wählen. Mit einem Fluch wünschte Candice den Pfarrer dorthin, wo Lotte ihren Mann bereits wähnte. Sie bemerkte bei ihrer stummen Schimpferei Licht im ersten Stock des Rathauses.

„Die Bürgermeisterin", murmelte Candice.

Candice fand sie hinter ihrem Schreibtisch, wo sie mit glasigen Augen auf ihren Computerbildschirm starrte.

„Sprechzeit ist längst vorüber", gähnte sie, „und ich gehe

auch gleich heim. Ich will bloß die Tippfehler aus diesem Beschluss fischen."

„Es ist keine Zeit für Tippfehler", sagte Candice so ernst wie möglich. „Der Betman Hein und der Stammler Kokos sind tot. Vom Schierler Hans fehlt jede Spur. Es schleicht eine mysteriöse Bestie durchs Dorf und wir können nicht nach der Polizei telefonieren, weil der Sendemast kaputt und die Internetleitung gestört ist. Die Susi ist mit ihrem Schwiegervater auf dem Weg ins Nachbardorf, um dort Hilfe zu rufen."

Die Bürgermeisterin lehnte sich in ihrem Stuhl zurück und verschränkte die Arme. Sie machte den Eindruck, als würde sie gleich die Füße auf den Schreibtisch legen und an einem Longdrink nippen. „Wundert mich nicht", sagte sie. „Es hängt seit drei Wochen ein Zettel bei den Bekanntmachungen. In der heutigen Nacht wird die Überführung getauscht, das heißt, die alte Brücke mit den alten Kabeln und Leitungen kommt weg und die neue Brücke wird installiert." Sie schaute auf die Uhr. „Die sind seit halb neun am Arbeiten und das wird mindestens bis halb sechs morgen früh dauern, sofern sich die Versorgungsleitungen und Kabel tadellos anschließen lassen." Sie gähnte erneut herzhaft. „Das klappt bestimmt einwandfrei. Wir haben eine sehr gute Bauleiterin, die uns zugesichert hat, die Arbeiten bis fünf Uhr dreißig zu beenden. Es kommt zu einer leichten Verzögerung bei der Auslieferung der Tageszeitungen, aber wie gesagt, es stand ja bei den Bekanntmachungen."

Die Finger um die Schreibtischkante gekrallt überlegte Candice, wo der Kasten mit den Bekanntmachungen war. Im

Internet hatte sie nichts gelesen, sie surfte nicht oft auf der Homepage der kleinen Gemeinde. Höchstens, wenn sie wissen wollte, wie sie an zusätzliche Müllsäcke kam oder wann sie ihren Reisepass neu beantragen konnte. „Wir haben eine Stelle für Bekanntmachungen?"

„Unten im Kasten neben dem Haupteingang", sagte die Bürgermeisterin. „Oben am Sportplatz hängt ein zweiter Kasten und ein dritter zwischen Kindergarten und Schule."

„Puh", seufzte Candice, „das sind Orte, an denen ich nicht oft vorbeikomme."

Die Bürgermeisterin zuckte die Schultern. „Es gab zusätzlich einen Hinweis im Gemeindeinfoblatt. Das ist das blaue Hefterl, das alle zwei, drei Monate im Briefkasten liegt."

Das warf Candice immer sofort weg. Es interessierte sie nicht, wem ein Dankeschön für ehrenamtliches Engagement gebührte, wer gestorben war, geheiratet hatte oder welche Fundsachen es gab. Im Winter stand stets der obligatorische Hinweis, man möge seinen Räum- und Streupflichten nachkommen. Regelmäßig standen die Termine für die Gemeindeversammlungen darin, die Candice genauso wenig interessierten.

„Jedenfalls", sagte die Bürgermeisterin, „haben wir auf diesen Wegen die Bevölkerung von der Schließung der Brücke für diese Nacht informiert. Rein rechtlich war es das absolut korrekte Vorgehen. Wir haben sogar einen Hinweis auf unserer Homepage eingebaut." Sie hob die Arme und verschränkte sie hinter dem Nacken. Die Wirbelknochen knackten wie eine Blisterfolie, über die man lief. „Das Dorf ist von der Außenwelt abgeschnitten, aber nur für wenige

Stunden. Die Experten für Risikoeinschätzung haben uns versichert, es wäre äußerst unwahrscheinlich, ausgerechnet in dieser kurzen Zeit einen lebensbedrohlichen Notfall zu haben."

In Gedanken ging Candice die geografische Lage des beschaulichen Dorfes durch. Es gab tatsächlich nur eine Verbindungsstraße ins nächste Dorf und die führte über eben jene Brücke, die ausgerechnet jetzt getauscht wurde. Im Moos gab es zwar eine Ansammlung an Feldwegen, aber die führten im Kreis herum zu einigen kleinen Wäldchen oder Wiesen, auf denen Kühe und Schafe grasten. Zwischen den morastigen Stellen gab es wenige tragfähige Bereiche, die am Fluss oder im Moos endeten. Dort war kein Entkommen möglich.

Auf der anderen Seite war das Dorf von einer schroffen Felswand begrenzt. Kletterer und Touristen kamen, um sich dort entweder senkrecht in die Höhe zu hangeln oder den Fußweg zu nehmen, um den Gipfel zu erklimmen. Auf der anderen Seite fiel der Felsen ebenso steil ab und es gab dorthin bloß einen Trampelpfad, keinen befestigten Weg. Die Straße entlang über die Brücke war wirklich die einzige Möglichkeit aus dem Dorf heraus.

Candice fasste sich an den Kopf. „Ausgerechnet heute. Was schiefgehen kann, das geht auch schief."

Die Bürgermeisterin zuckte die Schultern. „Hat es denn einen Notfall?" Sie bückte sich und holte aus ihrer Schublade ein altmodisches Walkie-Talkie. „Ich könnte den Bürgermeister von Lehern anfunken. Er sitzt auf Abruf bereit." Sie lachte kurz. „Wir sind nicht völlig arglos in dieses Projekt gegangen und haben uns vorbereitet. Ich kann auch die Feuerwehr rufen, dort sind ebenfalls alle in Bereitschaft. Die Kommandantin war in diese Planung ja eingebunden."

Mit den Händen stützte Candice sich auf dem Schreibtisch ab, um der Bürgermeisterin die besondere Schwere der Lage begreiflich zu machen. Irgendwie schien sie nur die Sache mit dem Telefon und dem Internet verstanden zu haben. Das mit den Toten, dem Verschwundenen und der Bestie war wohl an ihr und den Tippfehlern, die sie suchte, vorbeigerauscht.

„Frau Bürgermeisterin", sagte Candice eindringlich. „Es gibt bereits zwei Tote und ich fürchte, es werden weitere hinzukommen." Es war Zeit, die Kralle auf den Tisch zu legen. „Das habe ich bei Betmans im Haus gefunden. Es ist keine harmlose Hundekralle oder ein Faschingsscherz, sondern der Beweis für ein wirklich gefährliches Untier. Eine mordende Bestie streift durchs Dorf und tötet, eine wilde Killer-Bestie."

Kapitel 4

Candice konnte der Bürgermeisterin nicht erklären, was genau in Betmans Haus passiert war oder was es mit der Kralle auf sich hatte. Sie musste es auch nicht. Tatsache war, Hein Betman lag tot im Ehebett, zerfetzt von gewaltigen, mörderischen, zerhackenden Klauen. Lotte hatte ein großes Tier gesehen, dunkel, fellig, mit Krallen und Reißzähnen, das sie für die Inkarnation des Teufels hielt. Als Beweis lag die handlange Kralle auf dem Tisch, schwarz, dunkel und bedrohlich.

„Wir müssen uns an die Tatsachen halten", sagte Candice. „Der Berscht ist ein Fabelwesen, deshalb muss es sich um einen sehr großen Wolf handeln, der in Betmans Haus eingedrungen ist und Hein Betman getötet hat. Den Beschreibungen nach hat er kurz zuvor den Kokos ebenfalls zerfleischt und beim Gassigehen mit dem Hund getötet."

„Kokos?", gähnte die Bürgermeisterin. „Wer ist Kokos?"

„Der Stammler Kokos." Candice überlegte, wie Kokos in Wirklichkeit hieß. In der Adventszeit backte er Unmengen von Kokosmakronen und verschenkte sie an jeden, der des Weges kam. Besonders gern überraschte er die Grundschulkinder, die von der Schule nach Hause gingen, mit frischen Kokosmakronen. Candice fand die Geste überaus liebenswürdig. „Frederick", fiel ihr der Name ein. „Stammler Frederick."

„Ach", sagte die Bürgermeisterin, „der das ganze Dorf mit köstlichen Makronen versorgt und jeden Advent diesen tollen Umtrunk in seiner Hofeinfahrt veranstaltet. Ja, den kenne ich natürlich. War selbst einige Male ziemlich blau nach dem Umtrunk."

Candice verdrehte die Augen. „Das glaube ich gern." Bestimmt war die Bürgermeisterin seit dem Morgengrauen wach und arbeitete und sie war geistig nicht mehr auf der Höhe. „Zwei Tote. Offensichtlich beide demselben Wolf zum Opfer gefallen."

Die Bürgermeisterin wog den Kopf in beide Richtungen und drehte dabei die Kralle in ihren Fingern, um sie genau anzusehen. „Das mit Stammler ist passiert, nachdem der Kontakt nach außen abgebrochen werden musste. Die Leiche liegt im Sarg im Gemeindekeller. Norma Zervis, die zur Felswand raus wohnt, drehte im Moos ihre Joggingrunde und hat den Toten gefunden. Ihrer Sachkenntnis nach handelt es sich eindeutig um die Verletzungen durch ein Tier. Sie ist Rechtsmedizinerin, ihr kann man das glauben."

„Sie wussten von dem Todesfall?"

„Eine Tragödie, eine schreckliche Tragödie." Sie bewegte schnell die Maus ihres Rechners, damit sich der Bildschirmschoner wieder ausschaltete und einen ellenlangen klein geschriebenen Text zeigte. „Ich habe gleich nach dem Bestatter schicken lassen. Zum Glück haben wir im Dorf einen Bestatter wohnen und er war auch daheim. Er meinte, es könne sich um Verletzungen durch eine Mähmaschine handeln."

„Mähmaschine. Wie soll das gehen?" Candice stellte sich vor, wie ein tonnenschwerer Traktor mit Kreiselmähwerk über eine wässrige Mooswiese zu tuckern versuchte und dabei mit jeder Reifenumdrehung tiefer im Morast versank. „Wo ist er gefunden worden?"

„Bei den Bienen."

„Dort kann kein Traktor in der Wiese fahren."

„Er lag halb auf dem Feldweg", sagte die Bürgermeisterin. „Alles war voll Blut, eine gewaltige Pfütze, dazu die abgetrennten Finger und Zehen und die Hautfetzen. Das war kein schöner Anblick. Fürchterlich, wenn ich bloß daran denke. Es hat eine ganze Stunde gedauert, ehe alle Finger gefunden waren."

Fassungslos schüttelte Candice den Kopf. „Die Wiesen sind allesamt unbefahrbar. Kein Bauer hat dort etwas mit einem Mähwerk zu schaffen."

Die Bürgermeisterin gähnte herzhaft. „Wir fanden die immens große Blutlache und die fürchterlich zugerichtete Leiche und den Hund auch."

Candice sah den wuscheligen Mischling in Katzengröße mit seinen lockigen Ohren und den wolligen Pfoten direkt vor sich. „Der arme süße Hund."

„Norma Zervis hat ihn zu sich genommen, er ist wohlauf", sagte die Bürgermeisterin. „Er saß brav neben der Leiche und hat gewartet. Bei dem Angriff wurde ihm kein Haar gekrümmt. Vielleicht ist er weggelaufen und erst zu seinem Herrchen zurückgekommen, als der Wolf weg war." Sie ließ die Kralle einige Male leicht auf den Schreibtisch ditschen. „Angesichts dieser Kralle muss es sich um einen Wolf handeln."

Mit jedem Satz, den die Bürgermeisterin sprach, kam Candice die ganze Sache unheimlicher und bizarrer vor. Ein Wolf, der einen Menschen zerfetzt, aber einen Hund nicht? Einen harmlosen, schnuckligen, knuddeligen, wehrlosen Hund nicht? Ein Wolf, der im Blutrausch wütet, ohne ein Stückchen Finger oder Zehe zu verschlucken? Alle Körperteile wurden gefunden, nach langer Suche. Ein Finger im Gras war das letzte Stück.

„Ja", sagte Candice zur Bürgermeisterin. „Funken Sie um Hilfe. Das Biest muss gefasst werden, ehe es ein weiteres Opfer gibt."

„Dem Hund geht es gut, keine Bange", versicherte die Bürgermeisterin. „Norma kennt sich mit Hunden aus, sie hat selbst einen Chihuahua."

Durch die offene Tür kam Beate herein, völlig ruhig und gelassen. „Hier seid ihr also." Sie packte einen Kaugummi aus und schob ihn in die Backe. „Es gibt ein weiteres Opfer. Das Biest hat wieder zugeschlagen."

„Susis Schwiegervater", vermutete Candice sofort. „Deshalb ist sie so lange nicht zurückgekommen. Wir haben minutenlang gewartet und der Schrei hat auch zu der Richtung gepasst."

„Welche Susi?", wollte die Bürgermeisterin wissen.

Beate hingegen schüttelte den Kopf. „Susis Schwiegervater hat Schlaftabletten genommen und war nur schwer zu wecken. Es hat gedauert, bis er auf dem Damm war. Sie sind allerdings schon wieder zurück. So ein verflixter Bautrupp hat die Brücke abgerissen. Man kommt nicht aus dem Dorf raus und über das tosende Wasser hinweg kann man sich nicht verständigen. Seit dem Unwetter ist aus dem Bach ein reißender Strom geworden, lauter als jede Baumaschine."

„Von dem Bautrupp", seufzte Candice, „hing wohl was bei

den Bekanntmachungen."

„Die lese ich nie", meinte Beate kaugummikauend. „Es hat die Irene erwischt, die Flesica Irene."

Die Bürgermeisterin fasste sich an den Hals und riss die Augen auf. „Die Flesica Irene, was für ein Drama. Sie ist tot? Die Flesica Irene aus unserem Gemeinderat?"

„Mausetot." Beate verschränkte die Arme über ihrem leichten Sommerpulli und lehnte sich an einen Aktenschrank. „Sie wohnt hinter den Gartingers, in der alten Dorfstraße. Der Schrei, den wir gehört haben, kam wohl von ihr. Wie es aussieht, ist jemand über den Balkon durch die offene Tür in ihr Schlafzimmer und hat sie…" Erst jetzt stockte Beate. Sie musste einen tiefen Atemzug machen. „Zerfetzt. Ihr hängt die Haut in Streifen vom Leib, von ihrem Gesicht ist nichts mehr vorhanden, das mir irgendwie bekannt vorkäme. Wir haben sie am Tattoo erkannt. Sie trägt ein Fisch-Tattoo am rechten Knöchel, einen Clownfisch."

Für die Dauer einiger Sekunden herrschte Schweigen. Im Hintergrund tickte der Sekundenzeiger einer riesigen Uhr seine Runde. Schließlich war es die Bürgermeisterin, die zum Schrank hinter sich griff und eine Dose Bier herausholte. „Wollt ihr auch eines? Das ist ein klimatisiertes Fach, das Bier ist kalt."

Beate lehnte mit einem knappen Hinweis auf ihr Workout ab und Candice nahm das Bier, obwohl sie kein Freund davon war. Ihr Magen grummelte und rebellierte und ließ sich vielleicht durch Gerstensaft beruhigen. Seit sie sich übergeben hatte, fühlte sie sich immer weniger wohl. Die Wirkung des Rums von vorhin war längst verflogen. „Mein Nachbar sagte was von einem Wolf, der umherstreift. Angeblich hat er ihn seit Tagen gehört und für einen Moment sogar gesehen." Das Bier schmeckte fürchterlich, eine dieser neumodischen Mischungen mit Obstsaft. Candice zwang trotzdem einen großen Schluck ihren Hals hinab. „Er meinte, das Tier sei gefährlich. Tatsächlich habe ich nie von einem Wolf gehört, der Menschen anfällt oder sogar tötet. Er soll ausgehungert sein. Ein ausgehungerter Wolf allerdings würde seine Beute…" Sie war unsicher, ob sie es aussprechen sollte.

„Vor ein paar Jahren", sagte Beate, „gab es einen Vorfall im Zoo. Erinnert ihr euch? Da hat ein Wolf seinen Pfleger totgebissen."

„Das war ein Tiger", wandte die Bürgermeisterin ein. „Weiß ich genau, weil der Tote mein Schwager war. Seine Kollegin hat den Schieber geöffnet, obwohl er im Gehege war. Der Tiger ist rein und einen Prankenhieb später war mein Schwager tot."

Candice schauderte. „Hat er ihn aufgefressen?"

„Nein, nur getötet."

So standen sie im Büro herum und schwiegen einander erneut an. Die Bürgermeisterin griff schließlich zum Walkie-Talkie und funkte die Kommandantin der Feuerwehr an. „Michaela, es gibt was zu tun. Wie es aussieht, treibt dieser Wolf nun im Dorf sein Unwesen. Er tötet Menschen. Vermutlich hat er weitere Menschen getötet, nicht bloß den Stammler."

Durch das Knacken des Funkgeräts hindurch war Michaelas Stimme nicht zu verstehen. Es ging zwischen ihr und der Bürgermeisterin hin und her. „Ich kann dich wirklich nicht verstehen!", plärrten beide abwechselnd ins Walkie-Talkie oder auch gleichzeitig, was das Gerät zu heftigem Pfeifen brachte. Schließlich brüllte Michaela: „Ich komme!" Das war gut verständlich.

„Sie kommt", sagte die Bürgermeisterin. „Wir stellen eine Hundertschaft auf und jagen den Wolf, bis wir ihn haben. Die jungen Leute sind alle im Schützenverein, die müssten ihn gleich erwischen. Die machen ja auch solche Parcours im Wald, wo sie auf Holztiere schießen. Unerlaubterweise. Mit Sportwaffen darf man nicht durch den Wald knallen."

In Candices Vorstellung zogen mehrere Gruppen Teenager durchs Moos, bewaffnet mit Luftgewehren und Sportkaliber. Ihre Gummistiefel versanken in Schlamm und Dreck, die mit Tarnfarbe beschmierten Gesichter erkannte man nur durch das Weiße in den Augen. Vielleicht griff ein Teil der Teenies zum Sportbogen? Immerhin war die Bogensparte genauso beliebt wie das Rumballern mit echten Knarren.

„Eine Hundertschaft?" Beates kugelrunden Augen war abzulesen, was in ihrem Hirn vorging. „Das ist nicht euer Ernst? So ein Wolf mag vielleicht gefährlich sein, eine Horde bewaffneter Leute ist es ganz sicher. Man darf eine Meute Schießwütiger nicht durchs Dorf lassen. Erst recht nicht die Jugend. Denen fällt nur Quatsch ein. Wer weiß, worauf die ballern?"

„Auch wieder wahr." Die Bürgermeisterin kratzte sich am Kopf und musste lange nachdenken. „Wir werden", entschied sie schließlich, „von Haus zu Haus gehen und die Leute vor dem Wolf warnen. Fenster und Türen verschlossen halten, damit er nicht weitere Opfer findet. Niemand sollte mehr allein durchs Dorf und die Umgebung ziehen." Sie begann

Notizen auf einem zerfledderten Schmierblatt zu machen. „Sich verbarrikadieren ist wohl die beste Lösung."

„Was ist mit dem Bürgermeister von Lehern?", beharrte Candice. „Er kann die Polizei informieren und die können mit einem Hubschrauber kommen. Damit ist die unpassierbare Brücke kein Hindernis."

Tatsächlich griff die Bürgermeisterin zum Walkie-Talkie. Es kam eine schlechte Verbindung zustande, aus der Candice absolut nichts heraushören konnte. „Wir brauchen die Polizei", schrie die Bürgermeisterin sich die Kehle heiser. „Ein wirklich wilder Wolf wütet durchs Dorf. Es gibt Tote."

„Wegen Torte kommen wir nicht. Dieses altmodische Dings ist für Notfälle, nicht für Spaßanrufe. Gehen Sie aus der Leitung."

Vielleicht, überlegte Candice, hätte man die Benutzung des Walkie-Talkies vorher üben sollen. Ein Passwort wäre nicht schlecht gewesen.

„Das ist kein Scherz. Hallo? Hallo!"

Es kam keine Rückmeldung mehr. Dafür stand ein paar Minuten später Michaela in der Tür. Sie war mit dem Fahrrad gekommen, denn sie wohnte nur zwei Straßen weiter. Unter ihrem schwarzen Haaransatz bildeten sich Schweißtropfen auf der Stirn. „Es gibt also einen Notfall."

Der Wolf, die Toten, das Drama. Sie erfuhr alle Neuigkeiten, garniert mit Details, von denen Candice nicht wusste, woher die Bürgermeisterin diese Informationen hatte. „Von keinem Opfer hat der Wolf etwas gefressen, aber zerfleischt zu werden ist schlimm genug. Er hat stets von vorne angegriffen und die Wunden von oben nach unten gerissen." Nebenbei wühlte die Bürgermeisterin sich durch die Unterlagen auf dem Schreibtisch. „Die schlimmsten Verletzungen betreffen das Gesicht und den Kopf, vom Oberkörper hinab zu den Füßen nimmt die Anzahl der Wunden ab. Doktor Norma Zervis meint, es handle sich eindeutig um ein Tier."

Sie hatte gefunden, wonach sie suchte. Sie wischte auf ihrem Smartphone herum und hielt den Anwesenden ein Foto vor die Nase, das die zerfetzte Leiche zeigte. „Alles, was vom Stammler übrig ist. Seht ihr die Veränderung zu den Füßen hin?" Sie machte rudernde Armbewegungen von oben nach unten. „Das können schon Klauen sein, die das Opfer abwärts aufreißen."

Candice wurde übel und Beate wich mit einem Fluch zurück und wandte das Gesicht ab. Michaela beugte sich vor, um mit dem Finger durch die Bildergalerie zu wischen. „Interessant. Sehr interessant. Von dem ist bloß Brei übrig. Wie habt ihr ihn in den Sarg bekommen?"

„Woher haben Sie die Bilder?" Candice unterbrach mit dieser Frage jegliche weitere Detailbesprechung.

„Selbst gemacht", sagte die Bürgermeisterin. „Wir können den Stammler nicht bis zum Morgengrauen auf dem Weg liegenlassen und auf die Polizei warten. Da habe ich selbst Fotos gemacht."

„Ist das erlaubt?"

„Die Zervis ist Rechtsmedizinerin und sie meinte, angesichts der Lage sei das okay."

„Ihr kann man das glauben", nickte Michaela. „Sie hat damals bei dem Tsunami mitgeholfen die Leichen zu identifizieren und bei dem Vulkanausbruch in Asien war sie auch dabei.

Krisenstab. Bundesregierung. Sie ist verdammt gut und kennt sich mit der Sachlage aus. Wie sieht die Leiche von hinten aus?"

„Weiß nicht", sagte die Bürgermeisterin. „Wir haben ihn gleich in den Sarg geschaufelt als der Leichenwagen kam, um den Stammler hier im Gemeindekeller unterzubringen. Wollt ihr ihn sehen? Wir können runter in den Keller und ihn anschauen? Der Sargdeckel liegt lose auf."

Weder Beate noch Candice wollten die Leiche sehen. Michaela ließ nach einigem Drehen und Drücken das Walkie-Talkie auf den Schreibtisch gleiten. „Wertlos. Irgendwelche statischen Störungen verhindern jegliche Kontaktaufnahme mit den Kollegen aus Lehern. Wir sind auf uns allein gestellt, also rufe ich ein paar Leute zusammen. Billie, Katti und ich haben einen Jagdschein und können den Wolf erschießen. Die übrigen warnen die Bevölkerung, damit jeder im Haus bleibt und nicht aus Versehen vor die Flinte läuft."

„Mein Nachbar Gustav hat auch einen Jagdschein", fiel es Candice ein. „Gustav Klimt. Er kann bei der Suche helfen."

„Ich", nickte Beate, „helfe beim Informieren der Bevölkerung. Ich klingle mich durch und gebe allen Bescheid."

„Hervorragende Idee." Michaela hatte das Kommando übernommen und zeigte auf Candice. „Du holst diesen Klimt, ein Jäger mehr ist immer gut. Beate, du beginnst sofort mit dem Informationsfluss. Wenn jeder seinen direkten Nachbarn Bescheid gibt, ist in Windeseile das Dorf informiert. Bürgermeisterin, bei dir laufen hier im Büro alle Fäden zusammen. Wer Fragen hat, möge sich an dich wenden."

Für Michaela schien diese Einsatzplanung nicht anders zu

sein als ein Großbrand am Bauernhof oder ein Verkehrsunfall mit vielen Verletzten. „Wir treffen uns in zehn Minuten mit der Verstärkung oben am Weiher."

Nur mit Mühe konnte Candice der Versuchung widerstehen die Hacken zusammenzuklopfen und mit einem lauten „Jawoll" zu salutieren.

„Zehn Minuten bloß?", ächzte Beate.

„Beeilung", antwortete Michaela. „Hopp, hopp!"

Ehe Candice es sich versah, war sie zurück auf der Straße und hastete neben Beate her, die in leichtes Joggen verfallen war und sich keinen Deut darum scherte, ob Candice Schritthalten konnte oder nicht.

„Der Künstler über mir hat ein Jahr im Dschungel gelebt", fragte sie. „Wusstest du das? Ob ich ihn rausklingeln soll? Vielleicht kann er helfen?"

Nein, zu dem Künstler hatte Candice kein Bild im Kopf. Fleckiger Malermantel, Farbtupfen im Gesicht, strähniges Haar, so stellte sie ihn sich vor. „Was soll uns Dschungelerfahrung bei einem Wolf helfen?"

„Der Gustav", fuhr Beate fort, „hat mir mal eine tote Katze gebracht und behauptet, es wäre meine. Die hat nicht ausgesehen, als wäre sie vors Auto gelaufen. Eher ist sie vor die Flinte gekommen."

„Gustav", japste Candice, „schießt keine Katzen ab."

„Wer Hunde abknallt, macht vor Katzen nicht halt."

„Er hat selbst eine Katze."

Sie waren in Windeseile bei Susi angekommen, die mit einigen Nachbarn in der Hofeinfahrt stand und beriet, was zu tun sei. Beate klärte sie auf: „Michaela von der Feuerwehr bildet ein Team, das den Wolf abschießt. Dabei soll ihnen niemand in die Quere kommen. Verschanzt euch in den Häusern, verrammelt die Türen und Rollläden und macht alles dicht, damit es keine weiteren Opfer gibt. Jeder muss daheimbleiben." Sie bellte diese Anweisungen im Vorbeijoggen und hielt nicht an, um genauere Informationen zu liefern.

Candice ging eh die Puste aus. Sie blieb stehen und röchelte wie ein altes Dampfross. „Bleibt im Haus. Fenster und Türen zu, damit der Wolf nicht reinkommt. Informiert eure Nachbarn und Freunde, haltet euch im Inneren auf."

„Das Telefon geht im ganzen Dorf nicht", heulte Susi. „Die Straße ist gesperrt, so ein blöder Bautrupp macht die Brücke neu."

„Die haben eine komplette neue Brücke auf einem Tieflader dabei", beschrieb ihr Schwiegervater mit ausgebreiteten Armen. „Als könnte man eine Brücke kaufen und aufbauen, wo man sie gerade braucht."

„Da ist kein Durchkommen." Diese Frau kannte Candice nicht einmal vom Sehen. „Das Dorf ist völlig isoliert."

„Angeblich", schnaufte Candice, „stand diese Vollsperrung bei den Bekanntmachungen und im Gemeindeblatt. Ich habe davon nichts gelesen und es erst vorhin von der Bürgermeisterin erfahren."

Bei Susis Schwiegervater schien der Groschen zu fallen. Er schlug sich mit der Hand gegen den Kopf. „Stimmt! Da stand was im Gemeindeblatt. Die alte Brücke ist total marode. Nicht einmal der Milchlaster, ja nicht einmal die Post hätte mehr darüberfahren dürfen. Der Austausch ist dringend notwendig, wir brauchen eine Brücke."

Niemand interessierte sich für die Brücke oder den Milchlaster und Candice hatte auch keine Zeit, um sich länger aufzuhalten. Zehn Minuten, von denen drei bereits vergangen waren, bis zum Treffen am Weiher und Gustav musste sie auch holen.

„Von wegen Wolf", sagte eine andere Frau in der Dunkelheit. „Das ist der Berscht, der umgeht. Kennt ihr nicht die Geschichte vom Felswanddämon? Vom grauenvolle Berscht, der sich die dunklen Seelen in einer Vollmondnacht holt? Kennt ihr sie nicht, die fürchterliche Geschichte vom Berscht? Er holt die gefallenen Seelen in einer Vollmondnacht an Innozenz. Jedes Mal, wenn eine Sternschnuppe fällt, holt er sich eine Seele in die ewige Finsternis." Sie machte ein bedeutungsschweres Gesicht. „Heute Nacht fallen verdammt viele Sternschnuppen und es ist der Namenstag des Heiligen Innozenz."

„Der Berscht", raunte es durch die Anwesenden. „Der Berscht geht um. Möge der Himmel uns beistehen und der Heilige Innozenz uns schützen."

Dazu befragte Candice Gustav, nachdem sie an seiner Tür Sturm geklingelt und er endlich geöffnet hatte. „Wir brauchen dich und deinen Jagdschein und du wirst ein Gewehr brauchen. Wir wollen den Wolf fangen und du sollst ihn erschießen. Manche glauben, es sei kein Wolf, sondern der Berscht. Was weißt du über den Felswanddämon?"

Hinter ihr stand kreidebleich Lotte, die sie auf dem Fußweg abgefangen hatte. Sie wartete auf Candice und den Pfarrer.

„Der Pfarrer wohnt hier nicht mehr. Nur sein Büro ist da, aber natürlich spät in der Nacht nicht besetzt. Das Telefon geht wegen der neuen Brücke nicht und ich soll Gustav holen, damit er den Wolf abschießt. Du solltest mitkommen und deine Jungs suchen, bevor sie der Wolf findet, sonst hast du nicht bloß einen Trauerfall im Haus."

„Trauerfall", wiederholte Lotte. „Ja, ja." Sie trug Jacke und Schal von vorhin und brauchte nur die Tür hinter sich ins Schloss zu ziehen, um abmarschbereit zu sein. „Meine Jungs, um die geht es jetzt. Ich hole die Buben nach Hause."

„Der Felswanddämon", sagte Gustav, während er in Stiefel und Jacke schlüpfte und sich einen Feldstecher um den Hals hängte, „der Berscht, Candy, der ist ein Mythos. Es gibt ihn nicht."

„Candice", wollte Candice ihr verbessern, aber Lotte fiel ihr ins Wort: „Natürlich gibt es ihn. Er ist wie ein gewaltiger Wolf aus Stein. Er hat Fangzähne, so lang wie eine Elle. Fürchterliche Hörner und zotteliges Fell. Seine Augen glühen feuerrot und sein Knurren lässt die Erde beben. Er ruht in der Felswand und erwacht zum Leben, wenn Sünde und Verfall überhandnehmen. An Innozenz zieht er durchs Dorf und zerfetzt mit seinen steinernen Reißzähnen und seinen messerscharfen Klauen jene, die Schuld auf sich geladen haben. Heute hat der Heilige Innozenz Namenstag."

Gustav trug dunkle Kleidung und sogar eine Mütze. Er schulterte ein Gewehr und einen Rucksack mit Ersatzpatronen. Um die Hüften hatte er einen Gurt mit einer Pistole, deren Sitz er mit einem raschen Griff prüfte. „Der Berscht ist ein Fabelwesen, wie der Yeti, der Sasquatch, Einhörner oder unser berühmter Wolpertinger. Der soll ja

Preußen fressen."

„Mir hat er den Mann gerissen", sprach Lotte voll Überzeugung. „In unserem Schlafzimmer hat er den Hein attackiert und nichts, nicht das kleinste Fitzelchen von ihm übriggelassen." Lotte hob einen Zeigefinger dicht vor Gustavs Gesicht. „Man kann einen Klauenabdruck in der Marmelade auf dem Fußboden sehen."

„Wir haben die Marmelade im Glas, nicht auf dem Boden", frotzelte Gustav.

„Schau es dir an, wenn du mir nicht glauben magst."

Bei dem Hin und Her lief Candice eine Gänsehaut vom Nacken zu den Fersen. „Seit wann gibt es die Legende vom Percht?"

„Berscht", verbesserte Gustav sofort. „Unser Berscht hat nichts mit den Perchten aus Österreich zu tun, die den Winter vertreiben sollen. Er hat auch nichts mit den Beaschdn aus der Stadt zu tun, die einen ähnlichen Zweck haben. Unser Vieh ist was ganz Eigenes und es schert sich nicht ums Wetter. Die Legende vom Berscht gibt es schon viel länger als die Perchten. Es hat Aufzeichnungen im Kloster von Benediktbeuern aus dem Jahr tausendnochwas. Da ist der Berscht durch unser Dorf und hinten am Gogast entlang gezogen und hat ein Dutzend Männer dahingemetzelt. Die Mönche haben das aufgeschrieben und sie haben ein Stück Fell in einen Glaskasten gelegt. Man kann es anschauen, wenn man sich interessiert. Ist in einer finsteren Ecke untergebracht." Candice war erstaunt, wie viel er wusste und diese Skepsis schien Gustav ihr anzusehen. „Habe die Geschichte vor ein paar Jahren zu Halloween meinem Neffen erzählt und ihn damit ordentlich zum Gruseln gebracht. Es muss etwas Wahres dran sein. Das Fellstück gibt es wirklich und den Mythos und die Schriften auch. Die Mönche waren sehr genau, was die Beschreibungen betrifft. Angeblich hat der Berscht vor mehr als tausend Jahren eine Jagdgesellschaft dahingerafft, nachdem der damalige Graf nicht bloß den Zehnt forderte, sondern gleich die doppelte Menge an Abgaben. Wer nicht bezahlt hat, kam in den Kerker. Diese Raffgier hat der Berscht gerächt. Er hat den Grafen und die Adligen geholt." Er lachte trocken. „Als würde es einem Dämon der Hölle um den schnöden Mammon gehen."

Sie machten sich auf den Weg zum Weiher. Candice hatte natürlich überlegt, ob und wie sie sich bewaffnen konnte. Ein Gewehr oder ein Revolver fand sich nicht in ihrem Besitz. Im Kellertresor schlummerte eine alte Gaspistole, die ihr Ex dagelassen hatte, weil er nicht wusste, wie er das illegale Ding unbemerkt in seine neue Bleibe bringen sollte. Sie lag im Kasten neben dem Elektroschocker, der vor Jahrzehnten seinen Weg aus Tschechien zu ihnen gefunden hatte. Ebenfalls illegal. Die Stromstärke war zu hoch, man durfte ihn in Deutschland nicht besitzen. Funktionieren allerdings tat er, deshalb bestückte Candice den Elektroschocker mit neuen Batterien und wollte ihn in die Jackentasche schieben. Leider waren ihre Taschen zu eng genäht und das Gerät passte nicht hinein. In der Hand rumtragen fand sie eine bescheuerte Idee. Damit sie sich nicht völlig verloren fühlte, zog sie ein Messer in Betracht, aber das Fleischmesser hatte keine Schutzhülle und die Gefahr sich selbst zu massakrieren, war zu hoch.

Es blieb beim klassischen Nudelholz, denn sie konnte weder

Knüppel noch Schlagstock im Haus finden.

Das Nudelholz wurde von Gustav skeptisch beäugt. „Willst du eine Waffe von mir haben? Ein Kleinkaliber vielleicht?"

„Ich kann nicht schießen."

„Dann lieber nicht, das wäre leichtsinnig", zuckte er die Schultern. „Viel Glück. Du wirst eine gehörige Portion Glück brauchen."

Kapitel 5

Wie Candice feststellte, schien sie die einzige Person im Dorf zu sein, die nicht mit einer Waffe umgehen konnte. Auf dem Weg zum Weiher begegneten sie einigen Leuten, die einander vor dem Wolf warnten, und jede Frau war bewaffnet. Die meisten hatten ein Gewehr über der Schulter oder eine Pistole im Halfter stecken. Manche zeigten voller Stolz Uropas Revolver aus dem Wilden Westen, den dieser vor hundertfünfzig Jahren aus Amerika mitgebracht hatte. Das war der Moment, in dem Candice ihr Nudelholz in den nächsten Busch warf. War ja lächerlich, dieses Ding!

Selbst die Mütter, die auf der einen Hüfte einen Säugling schaukelten, trugen an der anderen Hüfte eine Waffe. Schnick und Schnack tauschten Patronen und Waffen, hielten sie prüfend vors Gesicht und nickten anerkennend, wenn ein Gewehr besonders gut in der Hand lag.

Candice nannte sie Schnick und Schnack, weil sie Schwestern waren, die mit ihren Familien im selben Haus wohnten. Die eine im Erdgeschoss, die andere oben. Sie waren mit Brüdern verheiratet und hatten ihre insgesamt sechs Kinder stets mit nur wenigen Tagen Abstand bekommen. Vor dem Haus stand immer eine Kiste, auf der „zu verschenken" stand. Sämtlicher ausrangierte Schnickschnack landete in dieser Kiste und jeder durfte sich bedienen. Candice hatte einmal eine hübsche Blumenvase mitgenommen, als Geschenk für ihre Mutter.

Patronen und Gewehre hatte sie in der Kiste nie gesehen und trotzdem waren Schnick und Schnack bewaffnet bis an die Zähne. Waffen und Munition waren wohl nicht zum

Ausrangieren.

„Schießt nicht ganz gerade, seit sie umgefallen ist", sagte Schnick. „Ich muss immer ein Haarbreit weiter links anlegen, dafür ist der Abzug sanft wie ein Windhauch und den Rückschlag spürst du nicht."

„Bring sie zum Büchsenmacher", riet Schnack. „Der kriegt es wieder hin. Da gibt es einen neuen in Bad Kohlgrub, der ist richtig gut. Ich schicke dir seine Adresse."

„Es hat den Hans erwischt", hörte Candice eine Stimme flüstern. „Ich bin wach geworden, weil ich es habe scheppern hören. Da bin ich von Fenster zu Fenster und habe nebenan, beim Hans, eine aufgebrochene Terrassentür gesehen. Die hing ganz schief in den Angeln. Ich hätte gern die Polizei gerufen, aber das Telefon geht nicht. Während ich mich darüber ärgere, sehe ich ein fürchterliches Wesen aus dem Haus hetzen. Es war ein abscheuliches Ungeheuer aus der Hölle."

Candice bahnte sich durch einige Buchsbäumchen und herumstehende Frauen einen Weg zu der Quelle dieses Gesprächs. „Wie sah das Wesen aus?"

Die Sprecherin zuckte die Schultern. Sie hielt einen Baseballschläger wie ein Baby im Arm. „Kennen wir uns?"

Lotte klopfte Candice auf den Rücken. Sie folgte ihr wie ein geprägtes Küken. „Das ist meine Nachbarin. Die Drehbuchautorin."

Ein Lächeln glitt über das Gesicht der anderen Frau. „Anständig, wenn man sich nicht hinterm Laptop oder der Kunst versteckt, sondern den Hintern hochkriegt, wenn's brenzlig wird." Candice war in den Kreis des Vertrauens aufgenommen. „Das Vieh war gewaltig. Zwei Meter. Ich schätze es auf zwei Meter, wenn nicht sogar zwei fünfzig. Zotteliges dunkelgraues Fell. Steingrau. Zwischen Kopf und Nacken war kaum ein Übergang. Es ging auf zwei Beinen, wie ein Mensch. Seine vorderen Klauen blitzten im Mondlicht, seine Reißzähne ebenfalls. Auf dem Kopf trug es Hörner. Erst dachte ich, das müssen die Ohren sein. Wie ich genauer hinsehe, sind es Ohren und Hörner. Spitze Hörner wie von einer Kuh oder einem Stier." Sie senkte die Stimme ab. „Der Berscht hat bei jedem Schritt in einem unheimlich dumpfen Ton geklingelt. Ganz leise geklingelt. Kaum zu hören."

„Der Berscht?", hakte Candice nach.

„Das war der Berscht, ganz klar. Als er aus dem Haus war, ging er auf alle Viere runter und sprang in einem Satz über die Gartenmauer hinweg. Fort war er." Sie nickte bedächtig und schwer, um ihre Worte zu untermauern. „Das alles hat bloß eine Sekunde gedauert. Trotzdem hat sich der Anblick in mein Gehirn eingebrannt." Sie tippte sich an den Kopf. „Hier eingebrannt. Ich meine, auf der anderen Seite der Mauer geht es drei, vier Meter runter. So etwas schafft der Berscht spielend." Sie bekam von einer Freundin, die sich durchdrängelte, ein Stück Stacheldraht gereicht, das sie um den Baseballschläger legte und die Enden verzwirbelte.

„Der Schierler Hans", stellte Candice verwundert fest. „Ich dachte, der wäre von den Bienen nicht nach Hause gekommen?"

„Weil sein Fahrrad einen Platten hat", nickte die Frau. „Der Hinterreifen ist platt wie eine Flunder. Ich habe den Polli in seiner Küche gesehen, als er die Fenster zum Lüften offen hatte. Er wollte wegen des Plattens telefonieren, ist aber nicht durchgekommen. Klar, das Telefon ist ja tot."

Michaela stellte sich auf eine umgelegte Bierkiste und hob die Hände, bis Ruhe eingekehrt war. „Ihr guten Frauen", sprach sie und bis auf Gustav waren tatsächlich ausschließlich Frauen anwesend. „Ihr guten Frauen, geht nach Hause und verschließt die Fenster und Türen. Schützt eure Familien. Billie, Katti und ich, wir kümmern uns um den Wolf."

„Den Berscht!", rief eine Stimme von hinten.

„Wir kümmern uns um den Wolf oder den Berscht", sagte Michaela. „Gustav, Lotte und Candice unterstützen uns. Damit niemandem etwas passiert, geht bitte alle nach Hause. Schließt euch ein, macht Fenster und Türen zu."

„Was ist mit unseren Kindern im Moos?", wollte eine andere Frau wissen. „Die Kinder sind im Moos."

„Wir finden die Kindergartengruppe", versprach Michaela. „Wir beordern alle nach Hause. Habt keine Angst. Ein Wolf greift keine Gruppe an und der Berscht keine unschuldigen Kinder."

Nachdem das geklärt war und die Frauen sich tatsächlich zerstreuten, machten sich die übrigen Helfer auf den Weg zum Weiher. „Zuerst", entschied Michaela, „finden wir die Kindergartengruppe und schicken alle heim. Anschließend beginnen wir hinten im Moos und treiben den Wolf aufs offene Feld. Es ist kinderleicht, ihn bei Vollmond zu erlegen."

Sie schaute über die Schulter zu Gustav, der schräg hinter ihr ging. „Nicht lange zaudern. Alles, was wolfsartig aussieht, wird sofort erschossen."

„Darauf", brummte Gustav, „warte ich schon lange. Ich wette, die damische Frau Müller hat ihren blöden Köter wieder frei rumlaufen. Der ist bestimmt nicht in der Hundshütte eingeschlossen."

Sie brauchten eine halbe Stunde, um das Ende des moosigen Gebietes zu erreichen, wo der mit heftigen Stromschnellen bewehrte Fluss das Dorfgebiet begrenzte und kein Weiterkommen möglich war. Gustav leuchtete mit einer Taschenlampe langsam über eine angrenzende Mooswiese, die tückisch war mit ihren schlammigen Löchern. Niemand wagte sich darauf, weder mit einem Traktor noch mit Gummistiefeln. Angeblich war dort erst letztes Frühjahr ein zugekiffter Tourist hingelaufen und im Moos ertrunken.

„Da ist er nicht." Enttäuscht haute Gustav nach einer Mücke. „Mistviecher!" Sie drehten sich herum, bildeten mit den anderen eine lose Menschenkette und begannen den Weg zur Felswand.

„Der Dämon lässt sich nicht hetzen", flüsterte Lotte. Sie war in der unheimlich stillen Nacht sehr gut zu verstehen. „Er ist eine Kreatur der Hölle. Er gehorcht Luzifer persönlich, sonst niemandem. Er treibt den Menschen, nicht der Mensch den Berscht."

„Warum bist du mitgekommen, wenn du nicht an den Wolf glaubst?" Candice hörte pausenlos das hohe Sirren von Stechmücken und wedelte vorbeugend mit der Hand nach den Quälgeistern.

„Ich hole meine Jungs nach Hause."

„Das ist garantiert ein Wolf", sagte Gustav. „Ich habe ihn vor einigen Stunden beim Spaziergang gesehen. Hätte ich gewusst, wie aggressiv er ist, hätte ich mich längst auf die

Lauer gelegt."

Der Weg vom Rand des Mooses Richtung Dorf kam Candice nicht unheimlich vor. Über ihnen schien der Vollmond, es war hell genug, um allerhand zu erkennen. Rechts und links hörten sie manchmal gedämpfte Stimmen, vielleicht ein Echo, das sich in der Weite der Mooswiesen verlief. Immer wieder scheuchten sie Rehe, Hasen und Füchse auf, die in Panik davonstoben. Es waren eindeutig harmlose Tiere. Ein Dachs war das größte Tier, das ihnen begegnete, und der suchte schnell Sicherheit in einem Erdloch.

Candice rechnete überhaupt nicht damit, den Wolf hier im Moos anzutreffen. Zuletzt war er im Dorf gesehen worden, da würde er sich kaum zurück ins Moos flüchten. Deshalb hielt sie die Augen nicht so wachsam offen wie sie vielleicht sollte. Sie entdeckten eine Gruppe Kinder, die heulend an einem Baum stand. „Wir haben Tante Lucy verloren und die fiesen Mücken stechen uns die ganze Zeit."

Lucy war eine der Erzieherinnen im Kindergarten und bestimmt außer sich vor Sorge, weil vier ihrer kleinen Schützlinge fehlten. Candice nahm zwei Kinder an die Hand, Lotte die anderen beiden. „Wir bringen euch zurück ins Dorf. Dort finden wir Lucy ganz bestimmt."

„Tante Lucy hat gesagt, wir sollen am nächsten Baum warten, wenn wir uns verlaufen haben."

„Sie ist auf dem Weg ins Dorf und wird euch dort finden", sagte Candice so überzeugend wie möglich. „Wahrscheinlich hat sie auch eine Salbe gegen Mückenstiche dabei."

Tatsächlich trafen sie auf sämtliche Kinder und Erziehende, als sie das Ufer des Weihers erreichten, wo die Suche vor einiger Zeit begonnen hatte.

„Das Moos ist leer", sagte Michaela. „Kein Wolf gefunden. Nun lassen wir den Kindern und den Erzieherinnen fünfzehn Minuten Vorsprung, ehe wir anfangen, das Dorf zu durchkämmen. Das wird schwierig, denn wir haben es mit unübersichtlichem Terrain zu tun."

„Ein Häuserkampf." Ein Mann mittleren Alters, den Candice vom Sehen kannte, mischte sich ein. Er trug immer die Uniform der Bundeswehr, deshalb hielt sie ihn für einen Berufssoldaten. „Das ist wie der Häuserkampf im Irak. Verwinkelte Vorsprünge, unübersichtliches Gelände, jede Menge Möglichkeiten sich zu verstecken. Wir müssen unbedingt hinter jede Ecke gucken. Kein Schlupfwinkel darf uns auskommen." Er schien einen Moment nachzudenken, ob nicht besser er die Führung übernehmen sollte.

Michaela kam ihm zuvor: „Wir organisieren jedes Jahr Dutzende von Schatzjagden, Escape-Spielen und vor allem das Ramadama. Daher kennen wir das Dorf besser als sonst jemand. Wir wissen um jeden Winkel und dieses Wissen nutzen wir aus. Der Wolf ist geliefert, so viel steht fest." Sie ließ diese Worte wirken. „Sie gehen besser nach Hause und schließen sich ein. Es soll niemand zu Schaden kommen." Sie blickte die paar Leute an, die trotz aller Warnungen und Aufrufe nicht daheimbleiben, sondern sich dem Suchtrupp anschließen wollten.

Die Frau mit dem stacheldrahtumwickelten Baseballschläger stimmte ihr zu: „Wir haben alle Leute im Dorf informiert. Alle bleiben im Haus."

„Ihr auch", beharrte Michaela. „Geht. Eine große Truppe

macht die Sache bloß schwerer."

Es dauerte einige Minuten, bis die Menge sich getrollt hatte und Michaela mit Gustav, Billie, Katti, Lotte und Candice abwartend dastand. „So", stellte Michaela fest. „Ihr wollt partout nicht gehen, also seid ihr mit von der Partie. Wir bilden eine lockere Kette und suchen das Dorf ab."

Im Neubaugebiet, so viel stand für Candice fest, war es einfacher, den Überblick zu behalten. Dort reihten sich geradlinige, schlichte Häuser neben einfachen Garagen aneinander. Einsehbare kleine Gärten mit jungem Bewuchs, überschaubare Grundstücke. Vielleicht mal eine Tanne, die zu Weihnachten ein Christbaum werden würde. Nichts, wo sich ein Wolf verstecken konnte.

„Der Berscht ist riesig", raunte Lotte. „Der passt nicht unter einen Holzhaufen oder einen Stachelbeerbusch."

„So ein Wolf", mahnte Gustav, „ist gewitzt. Er verkriecht sich, hält mucksmäuschenstill und duckt sich in jede Kuhle. Er kommt erst heraus, wenn die Gefahr, die er gewittert hat, wirklich vorbei ist. Im Zweifel verharrt er eine Stunde länger, das ist dem Wolf gleichgültig." Er bückte sich, um hinter mehrere Altpapiersäcke zu leuchten, hinter denen nach Candices Ansicht nicht einmal eine Maus Platz gefunden hätte. „Lasst euch nicht täuschen. Wölfe sind clever. Sie können denken wie Menschen und Pläne schmieden."

Sie kamen aus der Straße, die durch das Neubaugebiet führte, und wollten nach rechts in den Grabenweg einbiegen, als sie den Schrei hörten: „Da ist er! Der Berscht!"

Gustav machte auf der Stelle kehrt und rannte in Richtung des Schreis. Er hatte sein Gewehr längst geladen und entsicherte es nun mit einem Klacken. „Bleibt hinter mir!", befahl er. „Keiner läuft mir in die Schusslinie! Candy, aus dem Weg!"

Es war nicht der richtige Moment, um ihn an den korrekten Namen zu erinnern.

Plötzlich war alles voller Menschen, die aus jeder Ecke und hinter jedem Mauervorsprung hervorströmten. Gisela hielt den Arm weit gestreckt. „Dort vorne! Ich habe ihn in Gertis Garage verschwinden sehen!"

Es war unmöglich, Gustav nicht in die Schusslinie zu laufen. Er wurde angerempelt und drehte sich mürrisch im Kreis. Gleichzeitig wurde er rechts und links von Neugierigen überholt und ängstliche Leute auf dem Rückzug kamen ihm entgegen und standen im Weg. Das Chaos war unbeschreiblich groß, überall Schreie, Fingerzeige, Menschen, die etwas zu sehen glaubten. „Da! Nein, dort! Hier!"

„Gertis Garage! Dort ist er hinein!" Gisela lief allen voran. In jeder Hand hielt sie einen altertümlichen Revolver wie aus einem Western. Als sie das Garagentor erreichte, tastete sie mit dem Ellbogen nach einem Lichtschalter. „Nein!", rief Gustav. „Kein Licht. Das blendet uns nur!"

„Verdammich!", brüllte Michaela in den wildgewordenen Haufen hinein. „Sofort nach Hause mit euch allen! Das ist unsere Mission, nicht eure. Schert euch heim!"

So groß das Geschrei und Gerufe auch war, es ebbte unvermittelt ab. Gespannt wartend starrten alle in das offene Garagentor und am Van vorbei, der mittendrin geparkt war. Hierher reichte der Vollmond nicht. Es herrschte pechschwarze Dunkelheit.

Hinter und neben sich hörte Candice Menschen heftig

schnaufen. Nicht alle waren fit und durchtrainiert wie der Soldat, der sich mit verschränkten Armen am Ende der Hofeinfahrt posiert hatte, sein Gewehr an einem Träger über dem Rücken. Candice schlug das Herz bis zum Hals, einerseits aus mangelndem Training, andererseits, weil sie tierisch nervös war. Sie glaubte ein Keuchen zu hören, das aus der Garage kam. Ein tiefes Grollen, ein Rumpeln, ein Schnauben. Sie hatte nie zuvor einen freilaufenden Wolf aus der Nähe gesehen und wusste nicht, wie er sich anhörte, aber genau so stellte sie sich das vor. Bedrohlich. Mahnend. Das Tier war im Vorteil. Es schien die Menschen zu sehen oder zu wittern, wohingegen die Verfolger es bloß hörten.

Etwas schleifte über den Fußboden. In der angespannten Atmosphäre war es deutlich zu hören. Ein scharfes Kratzen, das Candice an den Hund ihrer Freundin erinnerte, wenn er mit den Krallen über den Fliesenboden schabte. Dazu dieses Keuchen! Unwillkürlich machten alle einige Schritte rückwärts.

„Ave Maria, gratia plena…", begann eine Stimme flüsternd zu beten und andere stimmten ein. Candice war nicht bewusst, wie viele im Dorf dieses Gebet auf Latein aufsagen konnten.

Dem Tier in der Garage war das Gemurmel offensichtlich zu viel. Sein Knurren wurde lauter und böser und aggressiver. Candice konnte sich vorstellen, wie sich ihm die Nackenhaare aufstellten und es langsam eine Pfote vor die andere setzte, um aus einer Verteidigungshaltung in eine Angriffsposition zu wechseln. Das war der Moment, in dem ihr eigener Instinkt deutlich zu einem schnellen Rückzug riet.

Trotzdem blieben alle stehen. Das Beten wurde umso eindringlicher, je lauter das Knurren und Fletschen wurde. Beides schaukelte sich gegenseitig hoch, bis die Betenden laut riefen und das Tier damit zu kontrollieren versuchten. „Weiche, Dämon!", befahl eine Frauenstimme. „Gehe zurück in die Unterwelt, weiche aus dem Diesseits. Es ist nicht an dir, in dieser Welt zwischen uns zu wüten. Weiche, Dämon, weiche!"

Es blieb kein Spielraum für eine Steigerung. Gustav, der neben Candice stand, legte das Gewehr an und kniff ein Auge zu. Im Visier musste er das Tier haben, den Wolf oder vielmehr den Berscht, denn dem höllischen Knurren und bestialischen Geifern nach konnte es sich unmöglich um einen läppischen Wolf handeln. Kein Wolf vermochte auf nahezu Deckenhöhe zu knurren, von dort kam das fürchterliche Geräusch nämlich.

Plötzlich sprang die Seitentür der Garage auf und dabei schlug sie heftig gegen den Kotflügel des Autos. Für einen Moment zuckten alle erschrocken zusammen und das Beten hörte auf. Manche schrien. Diese Sekunde nutzte das Tier, um zu entkommen. Es entwischte knurrend durch die offene Tür. Gustav feuerte zwei Schüsse ab, sofort als die Tür sich öffnete. Im Feuerblitz stockte Candice der Atem, denn es war eindeutig kein Wolf, der aus der Garage stob.

Hinter ihr wurde heftig geflucht. „Zefix, hast du das gesehen?" Eine andere Stimme raunte: „Donnerlüttich, ditte is keen Wolf."

„Heiliger Bimbam!", hörte man Gisela ausstoßen, „habt ihr das gesehen? Himmelherrgott, wir brauchen den Pfarrer. Die

Messnerin wenigstens. Weihwasser und ein Kruzifix. Sind Hostien in der Sakristei?"

Es hatte kaum durch die Tür gepasst. Candice schloss die Augen und versuchte die Erinnerung abzuspeichern. Ein Sekundenbruchteil bloß, viel zu kurz, um es gedanklich logisch zu erfassen. Zotteliges Fell an einer unmenschlichen krummen Gestalt. Das Wesen war auf den Hinterläufen durch die Tür geeilt, die Vorderpfoten weit von sich gestreckt wie zu einem beherzten Sprung. Dabei knurrte und grollte es dunkel und gefährlich. Die Reißzähne hatte Candice blitzen sehen und die Krallen an seinen Klauen ebenfalls. Messerscharf und lang, spitz wie Dolche, gebogen wie Säbel. Länger als eine Hand! Sie hatte die Kralle, die sie auf dem Schreibtisch der Bürgermeisterin ausgelegt hatte, natürlich wieder eingesteckt. Nun tasteten ihre Finger danach. Solche Klauen trug das Biest an seinen Läufen.

Eine Katze. In der Garage hatte sich auch eine Katze verborgen gehalten, die mit dem entstehenden Tumult ihr Heil in der Flucht suchte. Sie jagte geifernd und fauchend mit einem gewaltigen Satz durch die Tür und hetzte dem Biest nach.

Candice ging rückwärts und während sie nach Worten suchte, hatte Lotte sie längst gefunden: „Der Berscht. Wer jetzt noch zweifelt, ist ein Idiot. Der Berscht sucht unser Dorf heim. Der Allmächtige sei uns gnädig. Seit der Hexenverfolgung von sechzehnzwölf war Frieden, nun beginnt der Schrecken erneut. Gott sei uns allen gnädig, wir müssen beten gehen."

Gustav ließ sich von einem Fabelwesen nicht einschüchtern. Mit dem Gewehr in den Händen hastete er um das

Familienauto herum und folgte dem Tier durch die Tür nach draußen. „Hinterher! Schnell, sonst entwischt es!"

Niemand rührte sich. „Ave Maria, gratia plena…" Murmelnd standen die Verfolgerinnen mit gefalteten Händen im Vollmondschein, um zu beten. Unablässig. Es hörte nicht auf, dieses endlose Gebet.

„Komm", stupste Candice Lotte an, die natürlich auch sofort zu beten begonnen hatte. „Wir dürfen Gustav nicht allein gehen lassen."

„Den Berscht kann man nicht jagen", flüsterte Lotte. „Er untersteht den Weisungen des Höllenfürsten und wird erst ruhen, wenn er dessen Auftrag ausgeführt hat. Die Heimsuchung hat begonnen. Es ist des Todes, wessen Herz voll Sünde ist. Vater unser im Himmel…"

Candice klopfte Lotte auf die Schulter. „Der Berscht wird dich nicht heimsuchen wegen einer gelegentlichen Notlüge, einem geklauten Lolli oder weil du in der Kirche nicht aufgepasst hast. Du hast nichts zu befürchten." Sie blieb stocksteif stehen, deshalb ließ Candice den Arm sinken und fragte: „Oder hast du was auf dem Kerbholz, das über das übliche Kleinzeug hinausgeht?"

Kapitel 6

Michaela, die Feuerwehrkommandantin, Lotte und Candice folgten Gustav, nachdem alle anderen beschlossen hatten in die Kirche zu gehen und zu beten. Frau Altenglockler, die sich um die Sauberkeit in der Kirche kümmerte, wollte aufschließen und die Glocken läuten, um das Dorf zu warnen und zum Gebet zu rufen. Allerdings blieben die Glocken stumm und die Kirche dunkel.

„Hätte ich denen sagen sollen", seufzte Michaela. „Die großen Gebäude sind von der Stromversorgung genommen worden, damit die Generatoren, die die Privathaushalte versorgen, nicht überlasten. Wegen der neuen Brücke musste das so geregelt werden."

„Die Kirche hat keinen Strom?", fragte Candice nach.

„Die Kirche nicht, die Werkstätten nicht, die Betriebe nicht", bestätigte Michaela. „Die Haushalte bekommen weniger Strom als üblich, aber ohne Telefon und Internet wird eh deutlich weniger Energie angefordert. Außerhalb der Haushalte haben wir so viel wie möglich vom Netz genommen. Es war schwierig genug, die Generatoren für diesen Einsatz zu bekommen und zum Laufen zu bringen. Ohne das THW wären wir verratzt."

Zu viert schlichen sie durchs Dorf, nachdem Katti und Billie sich für einen anderen Weg außen herum entschieden hatten.

„Ich habe extra die weiße Jacke mit den neongrünen Streifen am Ärmel angezogen", sagte Billie, „damit mich niemand aus Versehen abknallt. Ich sehe überhaupt nicht wie ein wildes Tier aus, merkt euch das."

Das anfängliche Tempo hatte schnell nachgelassen, weil Gustav nicht wusste, wohin genau der Berscht gelaufen war. „Der *Wolf* kommt mir nicht aus", beharrte er. „Was soll es sein, wenn nicht ein Wolf? Ich weigere mich an den Berscht zu glauben. Das ist Altweibergeschwätz, das Geschwafel von scheinheiligen Hosenschissern."

„Hast du ihn nicht gesehen mit deinen eigenen Augen?", mahnte Lotte. „Seinen teuflischen Gestank nicht gerochen mit deiner Nase? Hast du nicht im Herzen die Gegenwart eines fürchterlichen Untiers gespürt? Traust du deinen Sinnen so wenig?"

Trotz seiner Beteuerungen führte der Weg, den Gustav einschlug, hin zur Felswand, wo der Legende nach das Unwesen wartete, bis sein Einsatz vonnöten war. Es war dort eingesperrt in den ewigen Stein, jederzeit bereit zum Sprung. Auf Geheiß des Teufels sprang es herbei, um jene zu holen, deren Seele verdorben war. Andere behaupteten, der Berscht unterstehe dem Herrgott und sei eine besondere Sorte Racheengel.

Über ihnen am Himmel zogen kleine Wolken auf. Sie hatten eine dunkle Farbe und bereiteten wohl das Gewitter vor, das am Alpenrand für die späte Nacht vorhergesagt war. Candice mochte Gewitter mit heftigen Blitzen, allerdings wurde ihr manchmal unheimlich, wenn der Donnerschlag von der Felswand zurückgeworfen wurde und wie ein Panzer über das Dorf rollte.

„Es zieht zu", stellte Michaela fest.

„Das Wetter hält mindestens drei, vier Stunden", schätzte Gustav. „Ich glaube, die Spur führt zur Felswand.

Wunderbar, dort sitzt er in der Falle."

„Welche Spur?", wollte Lotte wissen, die wie ein gefälliges Schaf hinter ihnen tappte.

Es war eine kaum wahrnehmbare Spur. Aus der Garage über eine Wiese hinweg, was nur an den umgeknickten Halmen und einer niedergetrampelten Kartoffelpflanze zu erkennen war. Manchmal gab es Büsche, deren Blätter frisch abgerissen waren. Der Hagel vor wenigen Wochen hatte für Verwüstung gesorgt, deshalb brauchte es ein geschultes Auge, um die neuen Schäden zu entdecken und richtig zuzuordnen. Den umgeknickten Zaunpfahl ließ Gustav nicht als Spur gelten, nachdem er ihn angeleuchtet hatte. „Da ist Lack dran. Das Tier allerdings ist mit Sicherheit nicht rot lackiert." Ein Büschel Fell an einem rostigen Nagel des Heuschobers hingegen ließ er gelten. „Was ist das für Fell?" Er roch daran, leckte daran und rieb es zwischen den Fingern. „Solches Fell habe ich nie zuvor gesehen. Es schmeckt wie ranziges Griebenschmalz und stinkt nach Mottenkugeln."

Candice graute vor dem Wesen, das dunkelgraues Fell dieser Länge hatte, durchsetzt mit wenigen weißen Haaren. Es roch beißend, kratzend und stechend. Sie würde auf keinen Fall daran lecken.

„Wir brauchen einen Hund", sagte Gustav. „Der kann die Fährte aufnehmen."

„Der Berscht macht aus jedem Hund Hackfleisch", erwiderte Lotte. „Aus uns auch, wenn wir nicht auf der Hut sind." Sie war vorbereitet. Die goldene Kette mit dem Kreuz lag deutlich sichtbar außen auf ihrer Jacke. Lang genug war die Kette dafür nicht, sie spannte.

„Dem Hund vom Kokos hat er nichts getan", sagte Michaela. „Den hat er nicht beachtet. Soll ich meine Frisörin fragen, ob ich mir ihren Hund ausleihen darf?"

„Will sie ihn loswerden?", ätzte Lotte, als hätte sie den vorigen Einwand nicht gehört.

„Unbedingt", sagte hingegen Gustav. „Mit Spürhund wird es leichter." Er fasste einen Plan: „Hol du den Hund. Wir überprüfen die Felswand. In zwanzig Minuten treffen wir uns wieder hier."

Es war die Weggabelung zwischen dem Anger und der Bergstraße. Hinter den Fensterscheiben entdeckten sie neugierige Gesichter von Leuten, die nicht bei der Suche halfen und sich auch nicht in der Kirche verschanzt hatten. Das Dorf war klein, bloß gut sechzig Haushalte. Jeder kannte jeden und Neuigkeiten wie diese sprachen sich schnell herum. Candice fühlte sich wie auf einer Theaterbühne, wo das Publikum gespannt auf den nächsten Akt wartete.

Michaela joggte davon. Sie war topfit, keine Frage, und würde den Weg zu ihrer Frisörin und den Weg zurück mit Hund in weniger als zwanzig Minuten schaffen.

Die Gruppe um Candice war nicht ganz so sportlich, vor allem, weil Lotte die falschen Schuhe für dieses Abenteuer gewählt hatte. Sie trug ihre Latschen, als wäre sie bloß schnell nach draußen gegangen, um den Müll wegzubringen. Damit schlackerte sie unbeholfen herum.

„Warum hast du nicht Turnschuhe angezogen oder feste Schuhe?", wollte Candice wissen. „Du hast bestimmt ein paar ordentliche Bergschuhe."

„Wir sind im Sommer nicht wie die üblichen Touristenmassen

in den Bergen, deshalb stehen die Schuhe im Schlafzimmer",
sagte Lotte. „Dort gehe ich nicht nochmal hin. All das Blut, die
Gedärme, die Haut und vor allem die zerfetzte Leiche
brauche ich kein zweites Mal. Da warte ich, bis der Hein
abgeholt wurde."

„Die anderen Toten", sagte Candice mit gedämpfter Stimme,
„sind ebenfalls so fürchterlich zugerichtet." Sie versuchte die
Toten aufzuzählen: „Kokos, die Flesica…"

„Der Schierler Hans", half Lotte. „Der ist auch tot, hat die Susi
erzählt. Er ist daheim gewesen, als ihn der Berscht zerrissen
hat. Überall am Boden waren zwischen den Leichenteilen
seine Herztabletten verteilt, als ob die ihm gegen den Berscht
geholfen hätten."

„Die Zotter-Brüder sind ebenfalls tot." Gustav blieb stehen
und drehte sich zu den Frauen herum. „Alwin und Andi,
beide hat es erwischt. Auf die gleiche furchtbare Weise."

„Tatsächlich?" Davon hatte Candice nichts mitbekommen.
„Wann? Ich bin von Anfang an dabei, weiß von den beiden
aber nichts."

Gustav blickte sie im Mondlicht ernst an. „Die liegen hinter
mir auf und neben dem Feldweg. Zerfetzt. Vollkommen
zerfetzt. Die Kleider in Streifen, genauso wie die Haut und…"
Dem abgebrühten Jägersmann drehte sich der Magen um. Er
beugte sich nach vorn und kotzte in einem gewaltigen
Schwall direkt auf den Weg. Candice sprang instinktiv
rückwärts und Lotte wich ebenfalls, ehe sie aus ihrer Jacke
eine Packung Taschentücher holte und sie ihm reichte.
Gustav wischte sich den Mund sauber und warf das
zusammengeknüllte Taschentuch die leichte Böschung

runter. Ihm zitterten die Finger. „Dem Andi hängen die Augen raus bis auf den Boden. Beim Alwin kann man durch das Loch in der Wange auf den Kieferknochen schauen."

Um die Pfütze aus Erbrochenem ging Candice herum zu den beiden Toten. Ehe sie etwas erkennen konnte, musste die Wolke den Mond freigeben. Es war nur eine kleine Flauschwolke, die Vorhut weiterer großer und dunkler Wolken am Horizont.

Gustav leuchtete mit seiner Taschenlampe über die Toten. „Fass die nicht an, Candy."

Candice hörte, wie es ihn erneut würgte, und nahm ihm die Lampe ab. Tiefe Schnitte ließen die Kleidung in Streifen hängen und die gleichen tiefen Schnitte teilten die Haut bis auf den Knochen. Es waren fürchterliche Wunden, die zu enormem Blutverlust führten. Daran waren die beiden Männer wohl verstorben. Blutverlust und Schock. Ihre Gesichter waren entstellt, Candice konnte trotz der heraushängenden Augen nicht sagen, welcher der beiden Alwin und welcher Andi war. Trotzdem war sie sicher, es mit den Zotter-Brüdern zu tun zu haben, denn sie trugen dieselben ausgewaschenen schwarzen Cargo-Hosen wie sonst auch, von genau der Marke, die sie ausschließlich trugen. An der Schulterseite der Jacke war das rote Vogel-Logo zu erkennen.

„Sechs Tote", flüsterte Candice. „Allesamt auf dieselbe Art und Weise umgebracht."

Lotte bekreuzigte sich und murmelte das Vaterunser, ohne die Augen von den Leichen zu nehmen. Sie wirkte blass und zittrig, übermüdet, allerdings war es kein Wunder, denn im kalten Vollmond war Mitternacht längst vorbei.

Neben Candice trat Gustav und sie drehte den Kopf, um ihn anzusehen. „Kann ein Wolf einen Körper derart zurichten? Hat er die Kraft, mit seinen Pranken die Haut in Streifen vom Leib zu reißen? Nein, ich glaube nicht."

„Ja, ja." Gustavs Stimme zitterte schlimmer als seine Hände. „Wölfe töten, um zu fressen. Hier wurde anscheinend nichts gefressen." Er schien sich langsam unter Kontrolle zu bekommen. Mit einem Stock, den er vom Wegrand auflas, zupfte er an den Kleiderresten herum und sie fielen fast von allein von den Leichen. Blanke, zerschlissene Körper waren es, kaum mehr als Menschen zu erkennen. „Nicht mal die Geschlechtsteile hat er abgefressen. Das würde ein Raubtier nach dem Aufbrechen der Beute am ehesten fressen, die Innereien oder die Geschlechtsteile."

Aufgebrochen war nicht ganz das richtige Wort, Candice hätte vielmehr *aufgesprengt* benutzt. Es war rohe Gewalt, die solche Zerstörung einem Menschen beibringen konnte. Kraft und Gewalt. Ein Tier von enormer Größe in wütender Raserei vermochte den Körper eines Mannes so zu zerteilen und die Überreste auf mehrere Quadratmeter zu verteilen. Die Gedärme allein zogen sich über einige Meter. „Vielleicht hat ein anderes Tier daran gezerrt, um zu fressen."

Gustav ging in die Hocke und hielt seine nackte Hand an die geöffnete Bauchhöhle und über die Darmschlingen, die im feuchten Gras lagen. „Das fühlt sich warm an. Ich mag mich täuschen, doch es fühlt sich warm an." Er guckte prüfend um sich. „Entweder ist der Tod nicht lange her oder meine Hände sind einfach zu kalt. Candy, was meinst du?"

„Candice", verbesserte sie erneut und ging in die Hocke, um herauszufinden, ob die Körper noch Wärme in sich hatten. Gewöhnlich litt sie unter kalten Händen, doch in dieser schaurigen Nacht, wo derartig üble Dinge passierten und sie ständig unter Anspannung auf den Beinen war und sich bewegte, kamen ihr die Finger warm vor. Sie fasste sich ins Gesicht, ohne das vertraute kalte Gefühl wahrzunehmen. Genauso wenig fühlten sich die Toten kalt an. Wenige Zentimeter über dem Mischmasch aus Blut, Fleisch und Masse, die Candice nicht bestimmen konnte, lag die Temperatur etwas höher als die umgebende Luft.

„Was müsst ihr so dicht ran?", flüsterte Lotte. „Im Gegenlicht kann man den Dampf erkennen, der von den Leichen aufsteigt. Es bildet sich Nebel." Sie faltete die Hände nahe am Gesicht. „Der Atem des Höllenfürsten holt seine Opfer zu sich in die ewige Verdammnis. Die Seele steigt hinab ins Fegefeuer."

Candice stellte sich wieder neben Lotte. „Es kann nicht lange her sein, die sind wirklich warm, die Toten. Das hat nichts mit Nebel aus der Hölle zu tun."

Sie hörten ein Geräusch, das eindeutig aus dem Wald kam, der an einen Teil der Felswand grenzte. Damit die Touristen bessere Fotos schießen konnten, war der Wald, der ursprünglich die gesamte Felswand entlang wuchs, kräftig ausgeholzt worden. An den Seiten standen Bäume und Bewuchs dicht an dicht. In der Mitte, wo die Felswand am höchsten war, gab es nur blanken Stein. Dunkelgrauer Stein, unglaublich stabil und trotz ständiger Witterungseinflüsse scheinbar immer unverändert. Ein Schmankerl für

Fototouristen und wagemutige Kletterer.

„Was ist das für Gestein?", wollte Candice wissen. Am liebsten hätte sie die Hand ausgestreckt und ihre Finger gegen den Felsen gelegt. Vielleicht konnte man eine Lebendigkeit spüren, eine Bewegung, etwas, das völlig unerwartet war. Es gab eine Stelle, wo Stein herausgebrochen war. Kleinere Stückchen und Splitter bedeckten ein gutes Stück der vom Hagel niedergedrückten Wiese. „Granit?"

„Lieber Gott im Himmel!", stieß Lotte flüsternd aus. „Seht euch das an."

Sie mussten zurücktreten, um aus einigen Metern Entfernung zu sehen, was sie aus der Fassung brachte. Zuerst dachte Candice sich nichts dabei. Es war eine Vertiefung im Felsen, oberhalb der Stelle, wo die Steinstückchen am Boden lagen. Die langgestreckte Mulde verlief leicht schräg und hatte unten zwei tiefere Bereiche, von denen der hintere bis fast zum Boden reichte. Nach rechts oben teilte sich die Figur in einen Hals mit Kopf und Vorderpranken. Niemand hatte mit Kreide oder Leuchtfarbe die Umrisse markiert und dennoch erkannte Candice sofort die Konturen eines wilden Tieres mit langen Krallen an den Pfoten und reißenden Zähnen am Schädel. Hörner wuchsen ihm oben aus dem Kopf.

„Da ist der Berscht aus dem Felsen gestiegen", wisperte Lotte und bekreuzigte sich erneut. „Es gibt ihn wirklich, das ist der Beweis. Der Berscht ist so real wie diese Felswand."

„Das zottelige Vieh", sagte Gustav leise, „das habe ich mit eigenen Augen gesehen. Ich habe auf das Monstrum geschossen, trotzdem ist es nicht tot. Ich treffe immer." Er drehte sich herum und schaute den Weg entlang, den sie gekommen waren. „Die beiden Toten liegen dort am Weg. Ich sehe so viel mit meinen eigenen Augen und kann es nicht begreifen. Der Berscht ist ein Fabelwesen, ein Mythos, eine Erfindung wie der Wolpertinger, der nachts den Preußen nachstellt und sie frisst." Als er nun erneut die Felswand mit ihrer unheimlichen Fassade betrachtete und mit der Taschenlampe den Umrissen folgte, musste er langsam den Kopf schütteln. „Ich fasse es nicht. Das kann nicht sein."

Candice streckte nun die Hand und berührte das Gestein dort, wo angeblich der Berscht herausgebrochen war. Es war kalter, blanker Fels. Kein Hauch von Fegefeuer kam ihr entgegen, sie wurde nicht vom Blitz getroffen und fiel auch nicht zur Salzsäule erstarrt tot um. „Das ist nur Stein."

„Die Brutstätte des Bösen", murmelte Lotte. „Wir müssen nach Hause gehen. Hier haben wir nichts verloren. Falls der Berscht zurückkommt, um in den Felsen zu steigen, stehen wir ihm im Weg. Ich will einem Dämon nicht im Wege sein."

„Was willst du zu Hause?", fragte Candcie. „Beten?"

„Das", Lotte piekte ihr mit dem Finger in die Brust, „ist eine hervorragende Idee." Sie machte auf dem Absatz kehrt und rannte davon. Ihr übergroßes Kopftuch, das sie über den Lockenwicklern trug, flatterte wie eine Fahne hinter ihr her und trotzdem konnte Candice ihrer Gestalt nicht lange folgen. Sie war bald hinter dem ausladenden Gebüsch am Wegesrand verschwunden.

Nun war noch Gustav bei ihr, dem die Zweifel ins Gesicht geschrieben standen. Zögernd fasste er nach der Felswand und betastete die teilweise spitzen Kanten, wo der Stein herausgebrochen war.

„Willst du auch nach Hause, um für dein Seelenheil zu beten?", fragte Candice.

Er schüttelte den Kopf. „Ich habe in guten Zeiten nie gebetet, da werde ich in schlechten nicht damit anfangen." Nach einem tiefen Atemzug schien es ihm besser zu gehen. Er tätschelte sein Gewehr. „Bei der nächsten Gelegenheit werde ich das Vieh nicht verfehlen. Es ist wohl an der Zeit, die anderen Patronen zu benutzen." Er machte sich daran sein Gewehr neu zu laden. Die Patronen schienen länger zu sein.

„Sechs Tote." Candice versuchte ihre Gedanken zu sammeln, was ihr nicht leichtfiel. Im angrenzenden Wald hörte sie Geräusche, die sie schaudern ließen. Dürre Äste knackten, morsches Holz ächzte. Es war Mitte August in einem verregneten Sommer und das Brennholz, das der Bauer kürzlich geschlagen hatte, knarrte und knirschte ohne Anlass oder Tiere, die darüber hinwegsprangen. Ständig raschelte etwas in einem Winkel des Waldes. Tiere grunzten, schmatzten oder keiften sich an. Die bei Sonnenlicht so friedliche Waldidylle schien des nachts mehr als unheimlich. Candice musste sich zusammenreißen, um nicht sofort und auf der Stelle den Verstand zu verlieren.

„Sechs Tote", sammelte Candice sich wieder. „Warum diese sechs?" Mit der Hand am Felsen suchte sie nach einer Antwort. „Gustav, kennst du diese Leute näher? Hast du eine Idee, warum sie sterben mussten?" Am Ende des Feldwegs erkannte sie gedämpft die Silhouette des Dörfchens. Die beschauliche Kirche, daneben das Gasthaus und der Neubau vom Witzinger, der seinen verfallenen Bauernhof gegen eine stattliche Ansammlung an Wohnungen getauscht hatte. Mit

Milch oder Kühen war kein Geld zu verdienen, aber mit Wohnraum, der im Münchener Speckgürtel immer teurer wurde, machte so mancher ein Vermögen.

Vorn in der Lücke zwischen den zwei- und sogar dreigeschossigen Häusern stand niedrig geduckt der kleine Dorfladen, wo man nicht nur Dinge des täglichen Bedarfs kaufen konnte, sondern auch sämtliche Gewürze, selbstgemachte Seifen und Milchprodukte vom Stoller, der seine Köstlichkeiten seit ein paar Jahren gewinnbringend direkt vermarktete.

Candice glaubte das Dorf zu kennen und vor allem glaubte sie seine Bewohner zu kennen. Wer gerade schwanger war, wer mit wem ein Techtelmechtel hatte, wo es nicht gut um die Ehe stand. Jobwechsel, Renteneintritt, abgebrochene Schule. Jeder wusste alles, das hatte sie bisher geglaubt. Ihr schien, sie hatte von so einigem keine Ahnung. „Die dunklen Seiten", flüsterte sie. „Die gibt es wohl in unserem Dorf." Nachdem ihr die Umrisse der vom Mond beschienenen Häuser keine Antwort geben konnten, blickte sie sich suchend nach Gustav um. „Gustav, weißt du, warum es gerade diese sechs erwischt hat? In welcher Beziehung stehen sie zueinander?"

Er hatte etwas am Boden gefunden und verrieb es zwischen den Fingern und roch daran, ehe er seine Finger an der Hose abzuwischen versuchte. „Das war bloß Fuchsdreck", hob er Candice das Gesicht entgegen. „Was meinst?"

„Was die Toten gemeinsam haben?", wiederholte sie. „Es muss einen Grund geben, warum es ausgerechnet sie erwischt hat. In der Garage hätte das Monstrum die Gelegenheit gehabt, sich auf beliebig viele Opfer zu stürzen. Hat es nicht.

Es scheint sich seine Opfer herauszupicken."

Gustav schluckte. Es war vielleicht die Anspannung und auch die leichte Mühe beim Fußmarsch, gepaart mit der ständigen Aufmerksamkeit, die ihm kleine Schweißperlen auf die Stirn drückte. Er stemmte sich ächzend aus der Hocke hoch. „Ich weiß nicht, ob die was gemeinsam haben. Hatten. Ob sie was gemeinsam hatten." Seine Augen wanderten die Felswand nach oben. In der Höhe schien es frische Kratzspuren zu geben, allerdings versuchten immer wieder Marder und Eichhörnchen an der Wand hochzukommen und auch Freikletterer versuchten es gern.

„Den Berscht gibt es nicht." Gustavs Stimme klang nicht mehr so sicher wie vorhin, als er den Berscht mit Einhörnern und anderen Fabelwesen verglichen hatte. „Es darf ihn nicht geben."

„Zweifelst du?"

Er guckte auf die Felswand und anschließend zu der Stelle, wo er den Fuchsdreck zerrieben hatte. Die Hand in der Jackentasche schien das Stück Fell zu betasten, das er vorhin gefunden hatte.

„Du zweifelst." Candice konnte einen tiefen Seufzer nicht unterdrücken. „Gustav, es gibt keine Fabelwesen, da sind wir uns einig. Oder? Ein sagenumwobenes Monster kann es nicht sein, hinter dem wir herjagen."

„Ja, ja. Natürlich." Der Tonfall allerdings klang vielmehr nach: „Weißt du, bei den Indizien, die ich gesehen habe, bin ich mir nicht mehr ganz sicher, ob ich die Möglichkeit, also bloß die eventuelle Möglichkeit eines Berscht nicht doch in Betracht ziehen sollte."

An ihnen trottete ein Fuchs vorbei. Zuerst erschraken sie beide, doch in der nächsten Sekunde atmeten sie auf. Es war wirklich ein Fuchs, der beschleunigte und mit weit von sich gestelltem Schwanz über die Wiese galoppierte.

Kapitel 7

Mit weitaus weniger Elan als zuvor ließ Gustav sich zu einer erneuten Runde durchs Dorf überreden. Es war gespenstisch ruhig zwischen den Häusern. Zu normalen Zeiten hörte man immer irgendwo etwas pfeifen, tuten, piepen oder gedämpfte Stimmen. Wenigstens die Maschinen der Handwerker surrten gewöhnlich im Leerlauf oder auf halbem Betrieb während einer reduzierten Nachtschicht. Heute war denen der Strom abgestellt.

In jeder anderen Nacht hätte man beim Fertighausbauer Licht gesehen, denn seit die Wirtschaft so gut lief, arbeiteten sie rund um die Uhr in mehreren Schichten. Heute Nacht war es sehr dunkel und mucksmäuschenstill.

Gustav setzte seine Schritte vorsichtiger denn zuvor und er war ungewöhnlich schreckhaft. Als Jäger sollte er es gewohnt sein auf die Pirsch zu gehen. Nun zuckte er bei jedem Geräusch zusammen, fuhr herum und fuchtelte mit seinem Gewehr in jede erdenkliche Richtung.

„Geht es dir nicht gut? Du machst einen unkonzentrierten Eindruck", fragte Candice, nachdem sie erneut unvermittelt aus der Schusslinie hüpfen musste. „Ich warte ja auf ein Geräusch, schließlich sollte Michaela mit dem Hund längst wieder da sein. Naja, vielleicht ist die Frisörin nicht daheim und der Hund nicht verfügbar."

„Das ist nur", wich Gustav aus, „weil ich so lange schon auf den Beinen bin. Die vorige Nacht war ich jagen, drüben in Österreich. Das Notariat musste ich trotzdem offenlassen. Ich bin total übermüdet. Seit mehr als sechsunddreißig Stunden bin ich auf."

Candice war nicht wohl bei dem Gedanken, in der Nähe eines fahrlässigen Jägers zu sein. „Weißt du was", sagte sie bei der ersten Gelegenheit, „bei Kokos brennt Licht. Ich glaube, da ist seine Cousine in der Wohnung. Ich werde ihr mein Beileid aussprechen und ein bisschen Gesellschaft leisten."

Gustav knurrte und murmelte: „Verdrück dich nur."

„Soll ich lieber bei dir bleiben?", fragte Candice zurück. „Kann ich dir irgendwie helfen? Ich habe das Gefühl, ich bin Ballast für dich."

„Nein, nein. Ich komme zurecht." Er tätschelte seine Knarre. „Bin ja nicht allein. Die alte Betsy ist bei mir, ist immer bei mir. Sie und ich werden mit Viechern jeder Art fertig."

Die Gänsehaut, die Candice dabei über die Arme kroch, rubbelte sie weg, als wäre ihr kalt. Sie lächelte ihm zu, aufmunternd, doch er guckte gar nicht in ihre Richtung. Schleunigst bog sie vom Gehweg runter und klingelte wenig später an Kokos' Haustür. Es war mitten in der Nacht, mitten in einer sehr bizarren, merkwürdigen Nacht, als wenig später Sarah öffnete, Kokos' Cousine, die für einige Wochen aus den USA gekommen war, um an einem Familienfest teilzunehmen.

Ihre wachen Augen musterten Candice. „Ach", sagte sie mit schwerem Akzent. „Du machst die Scripts. Wir saßen beim Sommerfest beisammen."

„Mein herzliches Beileid." Candice machte ein möglichst mitfühlendes Gesicht. „Darf ich reinkommen?"

Sarah machte die Tür frei. „Dein Beileid auszusprechen, wirst du vielleicht bereuen. Mein Cousin war wohl …" Sie suchte nach Worten, indem sie mit den Händen ruderte. „Ein dreckiger Hurensohn. Sagt man das so?" Sie seufzte. „Ich bin in Alabama aufgewachsen und kann nur so gut Deutsch sprechen wie meine Mutter es mir beigebracht hat, meine Mutter und das Internet."

„Kokos hat sich im Gemeinderat engagiert und er hat das Dorf in der Adventszeit mit Makronen versorgt", sagte Candice. „Hauptsächlich Kokosmakronen, sehr viele Kokosmakronen. Er war immer freundlich und zu einem Smalltalk aufgelegt, wenn ich ihn getroffen habe mit seinem süßen allerliebsten Hund. Mir war er ein überaus sympathischer Zeitgenosse."

„Ich fürchte", sagte Sarah, „es gibt Menschen, die eine völlig andere Meinung von ihm haben." Sie winkte Candice in ein Zimmer, das nicht annähernd wie ein normales Arbeitszimmer aussah.

Die Möbel waren das einzig Gewöhnliche an dem Zimmer. Links von der Tür stand ein Schrank aus Fichtenholz, bei dem die mittlere der drei Türen leicht offenstand. In der Ecke gab es ein kleines Sofa mit dunkelblauem Bezug, der abgewetzt wirkte. Gegenüber stand ein Schreibtisch mit zwei großen Monitoren darauf. Es waren die größten Monitore, die Candice je gesehen hatte, und sie hatte im Atelier der berühmten Filmcutterin Jean-Lucie Belmonte einige riesige Monitore gesehen. „Wow", musste sie flüsternd staunen, „die sind gewaltig."

An den Wänden hingen keine Bilder oder Dekorationen, sondern – Candice mochte ihren Augen nicht glauben – Drohbriefe. Beiges Umweltpapier mit aus Zeitungen und

Illustrierten ausgeschnittenen, kantigen, knallbunten Buchstaben darauf, aufgeklebt. Unterschiedliche Schriftarten und verschiedene Größen. Je nachdem, in welchem Medium der entsprechende Buchstabe gefunden worden war.

Stirb! Du Schwein! Die Gerechtigkeit wird siegen. Deine Tage sind gezählt. Gestehe! Auge um Auge, Zahn um Zahn. Fahr zur Hölle. Der Teufel wird dich holen. Unrecht Gut gedeihet nicht. Rache ist süß.

Candice las die vielen Botschaften, die alle in dieselbe Richtung gingen. Anscheinend war jemand der Ansicht, Kokos hätte einen gravierenden Fehler begangen und sollte dafür geradestehen. Sie versuchte die Drohbriefe, die mit Klebestreifen an die Wände gepappt waren, zu ignorieren und das Zimmer als Wohnraum zu betrachten.

Auf einem kleinen Tischchen neben dem nagelneuen Ledersofa stand griffbereit eine Box Kosmetiktücher neben einem Tablet, das Candice aus der Werbung kannte. Es war die neueste Generation mit sagenhaft guter Kamera, einigen interessanten Features und sehr, sehr teuer, weil es nahtlos zusammengeklappt werden konnte. Candice guckte über den massiven Holzschreibtisch, ob sie dort einen Grund für die Drohbriefe fand. Ein leerer Notizblock, ein schwerer Aschenbecher aus Metall, in dem Reste von verbranntem Papier lagen. Wenn das eine Spur war, konnte sie nichts damit anfangen. Oben in der Ecke lagen unter einem Briefbeschwerer in Fischform mehrere Geldscheine.

Im Schrank bewahrte er vermutlich den Papierkram auf, der in jedem Haushalt anfiel. Man musste Garantiezettel behalten, Rechnungen von Großgeräten, vielleicht den

Schriftverkehr mit Ämtern oder Anwälten. Da sammelte sich bei jedem Menschen eine Menge an. Candice öffnete die mittlere Tür vollständig und fand sauber gereihte identische Ordner, die allesamt sehr prall gefüllt waren. Die Rücken der Ordner waren akkurat beschriftet. „Das sind die Namen von Banken", wusste Candice. „Es gibt heutzutage wohl nicht mehr viele Leute, die ihre Bankunterlagen in klassischen Ordnern aufbewahren." Sie guckte zu Sarah. „Darf ich?"

„Bitte", sagte Sarah. „Du wirst überrascht sein, wie viel Geld ein junger Mann sein Eigen nennt, der in dieser kleinen Wohnung zur Miete wohnt."

Tatsächlich fand Candice ohne viel Mühe Kontoauszüge, die jeder für sich ein paar Hunderttausend aufwiesen. Kokos hatte Geld angelegt. Tagesgeldkonten. Investmentfonds. Manches war risikobehaftet, anderes nicht.

„Was ist das?", fragte Candice und zeigte auf einen Ordner. „Da steht *Haus*?"

„Er besitzt ein Haus", sagte Sarah. „In bester Lage in Bad Tölz, vermietet. Fünf Parteien." Sie zuckte die Schultern. „Das wusste ich nicht. Ich dachte, er knappst jeden Monat an der Pleite vorbei. Ich meine, was kann er als Tierpfleger in einem Aquarium schon groß verdienen? Dazu die Fahrtkosten nach München? Als ich das letzte Mal hier war, voriges Jahr im Herbst, hat er gejammert, seine Chefin würde ihm nicht einmal den Taucheranzug bezahlen, den er für die Arbeit bräuchte."

„Das ist alles recht neu", stellte Candice fest. „Die Kontoauszüge beginnen im Januar und auch die ersten Mieteinkünfte stammen vom Februar. Vorher scheint er tatsächlich ein armer Schlucker gewesen zu sein." Sie blätterte ganz nach hinten. „Einzahlung in bar. Hunderttausend. Auf jedes Konto wurde gleich nach der Eröffnung ein Betrag von hunderttausend Euro eingezahlt. Woher kam das Geld?"

„Kann ich dir nicht sagen", seufzte Sarah in ihrem schweren Akzent. „Bei uns in den Staaten wird kaum mehr mit Bargeld hantiert. Cash makes clash."

Candice durchsuchte die anderen Ordner. „Er hat ausschließlich Bargeld eingezahlt. Es ist unmöglich zu sagen, woher das Geld kommt."

Die Menge an Papierkram war unüberschaubar. Kokos hatte für jeden Vorgang einen Zettel und alles penibel abgeheftet. Es würde Stunden dauern, das alles zu sichten.

„Sein Computer", überlegte Candice. „Der würde vielleicht helfen, aber wahrscheinlich ist er mit einem Passwort geschützt."

Sarah stand mit verschränkten Armen in der Tür. „Auf jeden Fall glaube ich, das viele geheimnisvolle Geld und diese bösen Briefe hängen zusammen. Menschen kassieren Drohungen, wenn sie unrechtmäßig an viel Geld gekommen sind." Sarah schnaubte. „Ich dachte, ich würde ein Testament finden oder eine Verfügung für den Todesfall oder Instruktionen, wie seine Beerdigung ablaufen solle. Stattdessen finde ich ein Vermögen, das nicht hier sein dürfte. Mein Cousin war ein schlechtbezahlter Tierpfleger in einem Aquarium. Er hat dreckiges Wasser geschleppt und in einem Tauchanzug die Algen von der Scheibe gekratzt. Er kann nicht durch harte Arbeit an all das Geld gekommen sein."

„Schwarzgeld", wusste Candice, „das wird seit jeher bar

überreicht."

„In dieser Höhne", wandte Sarah ein, „tippe ich eher auf korruptes Geld."

Candice stimmte ihr zu. „Eben alles Geld, das keine legale Quelle hat." Sie musste tief durchatmen und ihr fiel dabei etwas auf. „Der Betman hat seinen Reichtum auch geheim gehalten."

„Betman?" Sarah legte die Stirn in Falten. „Was ist ein Betman?"

„Mein Nachbar", erklärte Candice. „Hein Betman. Er ist tot. Wir haben ihn vorhin in seinem Schlafzimmer gefunden, schlimm zugerichtet."

Sarah brauchte frische Luft und öffnete die Balkontür. „Der Kokos auch. Die Ärztin riet mir davon ab meinen Cousin noch einmal anzusehen. Er sei schlimm zugerichtet. Das waren exakt ihre Worte." Sie atmete tief durch. „Ein Tier soll ihn angegriffen haben. Dasselbe Tier, das nun durchs heimelige Dorf streift und Angst verbreitet."

Candice stellte die Ordner zurück. „Du wirkst nicht sonderlich ängstlich."

Da musste Sarah lachen. „Ich komme aus Alabama. Bei uns in der Stadt ist jeder bewaffnet und wirklich jede Woche kommt einer aus Versehen oder absichtlich ums Leben. Die Leute gehen Jagen und Fischen, sie grillen und schießen zum Spaß auf Dosen. Ich weiß, was es heißt, gefährlich zu leben. Dagegen ist euer Tier…" Sie rollte die Augen. „Vor einem Tier hat bei uns niemand Furcht."

Candice hatte einen Verdacht. „Bist du bewaffnet?"

Da zog Sarah ihre Jacke ein Stück zur Seite und das

Pistolenhalfter wurde sichtbar. „Ich kann damit umgehen, keine Bange. Jedes Wochenende übe ich am Schießstand, das ist so Sitte bei uns in den Staaten."

Candice zeigte auf die Waffe. „Bei uns ist es nicht erlaubt Schusswaffen offen zu tragen."

„Ohne Kläger kein Richter." Sie ließ ihre Jacke wieder über die Waffe fallen. „Ohne diese Waffe hätte meine Tante mich nicht hierher gehen lassen."

Es war Zeit das Thema zu wechseln. „Die ganze Wohnung kommt mir sehr ordentlich vor", sagte Candice und das war nicht gelogen. Beim Hereinkommen hatte sie keinen Staub oder Schmutz im Flur gefunden, kein Kleinkram lag auf der Ablage, die Jacke hing am Haken, die Schuhe standen im Regal. Sie musste an der Küche vorbeigehen und auch dort hatte sie beim ersten Anblick nichts gefunden, das herumstand. Es roch nicht nach Hund, wie bei vielen Hundehaltern, die Candice kannte. „Er war wohl ein sehr ordentlicher Mensch." Über die Toten nichts als Gutes, das galt im Dorf ganz besonders.

Sarah streckte einen Finger und zeigte auf die Drohbriefe. „Jemand ist anderer Meinung. Wenn man herausfindet, woher diese Drohungen kommen, hat man den Mörder."

„Ich dachte, er wurde von einem Tier angefallen?"

„Tier!" Sarah schüttelte den Kopf. „Wenn es ein Tier war, steckt gewiss ein Mensch dahinter. Ein abgerichteter Hund mit verrücktem Herrchen vielleicht oder ein zahmer Wolf, der die Befehle eines Wahnsinnigen befolgt. Ein wilder Wolf greift keine Menschen an, da bin ich sicher. Nein, hinter dem Tod meines Cousins steckt garantiert ein Mensch aus Fleisch und Blut, ein Irrer, der völlig ausgerastet ist." Sie winkte Candice zu einem bestimmten Drohbrief. „Das ist die Gumpe hinten im Moos, nicht wahr?"

Candice schaute auf das Foto. „Ja", nickte sie, „das ist die Gumpe im Moos. Das Foto wurde anscheinend vor kurzem gemacht, denn die Blätter und Pflanzen ringsum sind vom Hagel zerstört. Das Unwetter ist nicht lange her."

„Warum", fragte Sarah gedehnt, „schickt jemand einen Drohbrief mit genau dieser Gumpe? Ehrlich, wenn ich mir etwas ausdenken müsste, das Angst macht, würde ich ein Bild von einem Galgen oder einer Knarre schicken, kein Foto von einem lächerlichen Wasserloch."

„Weißt du", murmelte Candice, „es ranken sich allerlei Geschichten um diese Gumpe. Mord und Totschlag soll es dort gegeben haben, Taten aus Rache und Hass, Eifersucht und rasender Wut. Für einen Ortsansässigen ist ein Foto dieser Gumpe tatsächlich eine Drohung."

Sarah schloss die Balkontür wieder. Es war einfach zu kalt, um länger als nötig zu lüften. „Ich wollte anlässlich der Drohbriefe die Polizei rufen", sagte sie. „Das Telefon funktioniert nicht, wegen dieser neuen Brücke." Sie warf einen Blick auf ihr Handgelenk. „Nun zähle ich die Stunden und warte ab, bis ich endlich der Polizei Meldung machen kann. You know, ich hatte keinen sehr herzlichen Kontakt zu meinem Cousin, aber solche Drohungen sind eine ganz andere Hausnummer. Da hört der Spaß auf. Wenn er ein Verbrechen begangen hat, muss es aufgeklärt werden. Wenn er Opfer eines Verbrechens ist, ebenfalls."

Candice wollte nicht länger in der Wohnung bleiben und

verabschiedete sich. Als sie durch die Tür trat, kam es ihr wieder so bizarr vor. Die Wohnung wirkte aufgeräumt und vollkommen normal und ihr war Kokos immer wie der nette Typ von nebenan erschienen.

„You know", sagte Sarah, die ebenfalls die Wohnung verließ und absperrte, „es sind immer die normalen Leute, die hinter ihrer Fassade sehr tiefe Abgründe verbergen."

Kapitel 8

Candice begleitete Sarah den Fußweg entlang zum Haus ihrer Verwandten. Dort brannte Licht und Candice fiel auf, in wie vielen weiteren Häusern und Wohnungen die Fenster hell erleuchtet waren. Beinahe überall entdeckte sie Gesichter, die besorgt oder neugierig die Straßen zu überblicken versuchten. Als Sarah sich dem Haus näherte, wurde die Tür unvermittelt aufgerissen. „Komm rein, Kind, komm schnell herein!" Sarahs Tante ruderte mit dem Arm. „Wir haben drüben auf der Wiese was Großes laufen sehen, komm sofort herein. Wir schließen ab." Sie grüßte Candice mit einer knappen Handbewegung. „Magst auch reinkommen? Hier drin ist es sicher. Wir haben Opas altes Gewehr vom Speicher geholt. Das ist zwar aus dem Weltkrieg übrig, aber es schießt tadellos."

Dankend lehnte Candice ab. „Gustav ist hinter dem Tier her, um es zu erschießen. Billie, Katti und Michaela ebenfalls. Leider hat sich seine Spur verloren."

„Es hat erst angefangen", warnte Frau Legmann mit einem raschen prüfenden Blick über die nahe Wiese. „In unserer Familienchronik steht, der Berscht treibe sein Unwesen zwischen Innozenz und Hippolyt. Der Vollmond an Innozenz weckt ihn auf und erst, wenn an Hippolyt die Sonne über die Berge spitzt, kehrt der Dämon in die Unterwelt zurück. Bis es soweit ist, kann niemand seines Lebens sicher sein." Hastig drückte sie die Tür ins Schloss und Candice hörte den Schlüssel, der mehrfach umgedreht wurde. Täuschte sie sich oder schoben sie tatsächlich mit lautem Kratzen eine

Kommode vor die Tür?

Während Candice lauschte, kam Michaela flankiert von Billie und Norma auf sie zu. Dahinter ging Katti. Sie hielten Taschenlampen in den Händen, dazu Waffen aller Art. „Habt ihr ihn geschnappt?", fragte Michaela. „Ist das Monstrum tot?"

„Wir haben an der Felswand herausgebrochenes Gestein gefunden", erzählte Candice. „Ein ziemlich großer Umriss ist zu erkennen. Sieht wie die Silhouette eines Raubtieres aus. Wolltest du nicht einen Hund besorgen?"

„Der wimmert vor Angst in seinem Körbchen und macht keinen Schritt vor die Tür. Wir haben ihn nämlich gesehen, den Berscht", sagte Michaela. „Tatsächlich gesehen. Nicht flüchtig wie vorhin in der Garage, sondern in flagranti." Sie schluckte hart. Mehrfach. Schließlich verschränkte sie die Arme. „Er hat sich über Olek und seine Kumpels hergemacht." Ihre Stimme hakte und war rau. „Als wir kamen, lag einer bereits tot am Boden und der andere wurde zerfetzt."

„Igor", wusste Katti. „Er lag tot am Boden."

„Die Bestie", fuhr Michaela fort, „zerfetzte den anderen, den Egon. Olek kam aus dem Haus gerannt, er hatte ein Messer hoch über den Kopf gehoben." Sie streckte ihren Arm, um die Erzählung bildlich zu untermalen. „Wie von der Tarantel gestochen raste er auf die Bestie zu, um sie zu erstechen und seinen Freund zu retten." Michaela ließ den Arm langsam sinken und schwieg. Billie sprang ein: „Ich hatte mein Gewehr schussbereit und natürlich sofort angelegt und abgedrückt. Olek ist mir in die Schusslinie gerannt. Plötzlich war er da.

Der Schuss fiel, Olek war getroffen. Er war tot, ehe er zu Boden fiel. Ich kann einfach zu gut schießen, ich treffe immer."

Katti legte ihr den Arm um die Schultern. „Du hast es gut gemeint. Du wolltest das Dorf vor einem Ungeheuer bewahren."

„Das Tier", fuhr Michaela fort, „ist natürlich sofort auf und davon. Wir waren alle völlig schockiert von dem Unfall mit Olek und sind ihm nicht nach. Eh sinnlos, der Berscht ist wesentlich schneller als wir. Er macht gewaltige Sätze von drei, vier Metern Länge."

„Der Wolf", verbesserte Katti sofort. „Es handelt sich gewiss um einen Wolf."

„In meiner Erinnerung", seufzte Michaela, „ist das Tier wesentlich größer, stärker und wilder als ein gewöhnlicher Wolf. Doppelt so groß, dreimal so wild und viermal so gefährlich."

„Drei weitere Tote am Anger." Billie sagte es in einem Tonfall, der ihr einen Rempler in die Seite einbrachte. Sie räusperte sich schnell und schob mit bemüht gedämpfter Stimme hinterher: „Drei unfassbare, brutale, niederträchtige, nicht zu begreifende Todesfälle durch ein wildes Tier, das über den Anger tobte."

Diesen Teil des Dorfes kannte Candice natürlich. Eine im Halbkreis geschwungene Straße entlang standen sieben kleine Häuschen, die ihr Verfallsdatum längst hinter sich hatten. Sie waren zweihundert Jahre alt und niemals renoviert worden. Das eine, das dem Wetter am meisten ausgesetzt war, hatte voriges Jahr einem Sturm nicht mehr standhalten können und war eingestürzt. Die anderen hatten teilweise eingeworfene Scheiben und windschiefe Türen in den Angeln. Trotzdem waren die sechs Häuser bewohnt. In den mittleren wohnten Familien, die man allgemein als bildungsfern und prekär bezeichnete. In den äußeren Häusern hausten drei osteuropäische Arbeiter, die hier weder ihr Glück noch Arbeit in Festanstellung fanden. Sie hatten anscheinend keine gehobenen Ansprüche und waren froh, wenigstens ein Dach überm Kopf zu haben.

Die Gärten dort waren verwildert und ungepflegt, in den Einfahrten standen Klapperkisten, die nur entfernt an Autos erinnerten und kaum fahrtüchtig waren. Manchmal qualmte es pechschwarz aus einem Kamin, was die Polizei und den Kaminkehrer auf den Plan rief. In einem der verwilderten Gärten, so ging das Gerücht, wurde Gras angebaut, das den Vergleich mit der Ware vom Bahnhofsplatz nicht zu scheuen brauchte. Da konnte Candice nicht mitreden; ihre einzige Droge war Wein zum Abendessen.

„Als wir die Gegend absuchten", erzählte Michaela, „hörten wir plötzlich grauenhaftes Kampfgeräusch aus der Richtung, wo die Osteuropäer wohnen. Wir bogen in die Straße und sahen sofort das Tier, das in einen der Arbeiter verbissen war. Es schleuderte seinen Kopf hin und her, dieser Arbeiter brüllte und schrie, seine Kumpels ebenfalls. Das Tier hob die Klauen und zerfetzte ihn, ehe es sich auf den anderen stürzte und ihn mit einem Prankenhieb zu Boden warf. Sekunden später war alles voller Blut, die Schreie verstummt und das Knurren des Tieres wich einem heftigen Schnauben. Da war Olek längst ins Haus gelaufen und kam mit einem Messer heraus." Sie hob die Hände weit auseinander. „Die Klinge gewiss dreißig Zentimeter lang. Damit wollte er auf das Tier losgehen." Sie seufzte. „Da passierte es halt und Billie hat ihn erschossen. Eine Kugel direkt in die Brust. Er ist umgefallen und war tot."

„Sorry", sagte Billie erneut, nachdem ihr Katti den Ellbogen in die Seite gerammt hatte. „Es war ein Versehen."

„Völlig unglaubwürdig, du Schaf!", wurde sie von Michaela angezischt. „Das muss besser werden."

Der Meinung war Candice auch. Es klang weder reumütig noch bedauernd. „Er ist dir in die Schusslinie gelaufen und du hast ihn in die Brust getroffen und nicht in den Rücken?"

Billie senkte den Kopf. „Es tut mir ja so leid. Es war ein Versehen. Mit dem Finger am Abzug habe ich auf die Bestie gezielt und abgedrückt. Ein Versehen war es."

Michaela nickte zufrieden. „Ein bedauerliches Versehen." Sie wandte sich wieder Candice zu. „Kennst du Olek?"

Klein, untersetzt, Halbglatze. Wenn es in der Schule etwas zu reparieren gab, wurde Olek mit seiner Truppe angeheuert. Zu dritt besserten sie Löcher in den Wänden aus, hobelten das Treppengeländer ab, montierten Schränke oder schleppten Mobiliar von Klassenraum zu Klassenraum oder in den Speicher zur Lagerung. Olek, Egon und Igor waren Candice nicht ganz geheuer, vor allem Olek nicht, denn er sprach unglaublich schnell und lispelte dabei durch eine Lücke zwischen den oberen Schneidezähnen. Meistens kam er einem im Gespräch immer näher und näher, bis eine Berührung unausweichlich war. Candice mochte das nicht. Sie mochte auch nicht, wie er die Leute im Dorf oft von oben nach unten anschaute und begutachtete und dabei im Kopf zu rechnen schien, wie hoch der Stundensatz bei eventuell übertragenen Arbeiten sein konnte.

„Das müssen wir der Polizei sagen", entschied Michaela, „sobald wir Kontakt aufnehmen können."

Candice erinnerte sich an den Ostermarkt, wo sie Olek und Irene hatte beisammenstehen sehen. Sie unterhielten sich leise über eine anscheinend wichtige Sache. Nicken beiderseits, ein Blick auf die Uhr. Schließlich zückte Irene das Handy und machte sich Notizen. Wenige Sekunden später gingen sie auseinander, nicht wie Freunde, sondern wie Geschäftsleute, die einen Deal ausgehandelt hatten.

„Hat Olek auch für andere Leute im Dorf gearbeitet?", fragte Candice. „In der Schule, das weiß ich, und im Kindergarten war er regelmäßig. Hat er auch für andere Leute gearbeitet? Ich glaube, Irene Flesica hatte geschäftlich mit ihm zu tun."

„Olek hat für Gott und die Welt gearbeitet", wusste Michaela. „Auf Abruf haben er und seine beiden Freunde alles erledigt, was irgendwie anfällt. Sämtliche Arbeiten rund ums Haus. Früher oder später dürfte jeder im Dorf mit Olek in Kontakt gekommen sein. Das neue Haus beim Dorfladen, das haben die drei quasi allein hochgezogen." Sie senkte die Stimme. „Wenn du eine neue Heizungsanlage brauchst und nicht unbedingt wissen möchtest, woher die Einzelteile stammen, kannst du mit Olek und seinen Leuten eine Menge Geld sparen."

„Wie lange wohnt er schon hier?", versuchte Candice sich zu erinnern. Er schien ihr relativ neu zu sein. „Fünf Jahre?"

„Fast acht", sagte Billie. „Am Anfang waren er und seine

Kumpel ziemlich unauffällig, nach und nach haben sie sich im Dorf und in der Umgebung bekannt gemacht. Sie arbeiten gut, das muss man ihnen lassen. Flink, ordentlich und gern billiger an der Steuer vorbei."

„Und seitdem wohnen sie in dieser Bruchbude am Anger?", staunte Candice. „Die haben keine Mühe in ihre eigene Bleibe gesteckt."

„Die waren immer gut ausgebucht", sagte Billie. „Sie haben für andere gearbeitet, nicht für sich selbst. Jeder Cent, den sie verdient haben, wurde gleich in die Heimat geschickt. Osteuropa. Rumänien, Bulgarien oder so."

Candice war erstaunt. „Ich dachte, die wären alleinstehend. Von einer Familie wusste ich nichts."

„Frauen, Kinder", nickte Katti. „Denen bricht jetzt eine Einkommensquelle weg."

„Eine lukrative Quelle", sagte Billie. „Allein, was die mit dem Neubaugebiet verdient haben."

„Ich dachte, das baut alles der Flinker?", staunte Candice. „Es fahren immer Lastwagen vom Flinker hin und her."

„Den Aushub und das Grobe", nickte Michaela. „Die Tiefgarage und die große Wohnanlage baut der Flinker tatsächlich. Die normalen Mehrfamilienhäuser hat der Olek mit seinen Leuten übernommen. Er hat auf ein Vermögen spekuliert."

„Wie meinst du das?", hakte Candice nach.

Michaela winkte ab. „Der Tod ist eine endgültige Sache. Dem sind Geschäfte und Verträge völlig egal."

Candice hatte darauf nichts zu sagen. Sie drückte eine Taschenlampe runter, die direkt auf ihr Gesicht gerichtet war.

„Hatte jemand im Dorf engeren Kontakt zu den drei fleißigen Arbeitern?"

Jemand murmelte etwas, das Candice nicht verstand. Es klang nicht freundlich und wurde mit einem Hieb gegen den Oberarm und einigen Schmerzenslauten quittiert.

„Wer wohl die Familien informiert?", sinnierte Candice. „Die Toten müssen überführt und die Häuser leergeräumt werden. Das wird nicht billig."

„Er hat oft ein paar Tausender zu seiner Familie nach Lettland überwiesen", wusste Billie. „Geld für die Überführung und die Formalitäten wird wohl zurückgelegt sein."

„Ein paar Tausender?", staunte Candice. „Ist mit Bauarbeiten so viel Geld zu verdienen?"

Billie nickte. „Aber hallo."

Die Betonung gefiel Candice nicht. Sie versuchte in der Dunkelheit Billies Gesicht zu erkennen, was natürlich nicht gelang. Immer wieder leuchteten Michaela oder Katti ihr ins Gesicht und brachten sie damit durcheinander.

„Schluss jetzt damit", entschied Michaela. „Das Ungeheuer ist wichtig, nicht die Bauarbeiter. Wir konnten die Bestie nicht stellen, sie ist uns entwischt. Wir müssen eine weitere Runde durchs Dorf drehen. Immerhin bleiben die Leute brav daheim und niemand läuft uns mehr in die Schusslinie."

„Auf jeden Fall", sagte Candice rasch. „Auch Sarah Legmann ist wieder daheim. Ich habe sie getroffen, als sie in Kokos' Wohnung nach seinem Testament gesucht hat. Wir waren nur wenige Minuten auf der Straße unterwegs, jetzt ist sie in Sicherheit."

„Der Kokos, ja, ja", flüsterte Billie ziemlich gehässig.

„Gehen wir weiter", entschied Michaela. „Die Nacht ist lange nicht zu Ende."

Kurz überlegte Candice, ob sie sich der Frauengruppe anschließend sollte, doch sie machten nicht den Eindruck, als wollten sie weitere Personen dabeihaben. Sie flüsterten und tuschelten miteinander wie eine eingeschworene Gesellschaft, also machte Candice sich auf die Suche nach Gustav.

Zwangsläufig kam sie an den Bruchbuden vorbei, wo die Osteuropäer wohnten – gewohnt hatten. Die Leichen lagen im Garten vor dem Haus, ein Nachtvogel pickte herum und flatterte auf, als er Candice bemerkte. Die Haustür stand offen und drinnen brannte Licht. Candice schauderte. Ringsum war es still, in einem Busch raschelte ein kleines Tier. Vielleicht eine Maus oder eine Ratte. Es gab Ratten im Dorf, das wusste Candice von der Zeitungszustellerin, die mehrmals davon erzählt hatte. Vielleicht suchten die Ratten nach einem leicht verdienten Snack.

Die drei toten Männer lagen dicht beisammen. Die beiden, die der Bestie zum Opfer gefallen waren, erkannte Candice nicht wieder. Sie waren zerfleischt und übel zugerichtet, die Gesichter unkenntlich, die Arme zerfetzt, die Kleidung ein einziges Chaos. Direkt neben einem Toten lag Olek mit der Schusswunde in der Brust. Candice fragte sich, wie ihm diese Verletzung hatte beigefügt werden können. Der Erzählung nach und wenn sie die Lage des Wohnhauses und des Gartens berücksichtigte, hätte sie eher auf einen Schuss in den Rücken getippt.

Es war unhöflich, ungebeten in das Haus eines kürzlich

Verstorbenen zu kommen, trotzdem betrat Candice das kleine Haus, um sich umzusehen. Sie fand im Erdgeschoss eine Wohnküche, in der ein Feuer im alten gusseisernen Herd flackerte. Auf dem Tisch standen einige Flaschen Bier und es lagen Spielkarten herum. Münzen und Scheine schienen der Spieleinsatz zu sein. Drei Leute hatten hier gezockt, vermutlich Olek und seine beiden Freunde.

Im Topf am Spülbecken gab es einen Rest Eintopf aus Gemüse und Würstchen. Das Geschirr stapelte sich, als hätten die Männer sich nicht einigen können, wer mit dem Abwasch an der Reihe war.

Außer der Wohnküche gab es eine Abstellkammer, in der das Fenster kaputt war. Eiskalt war es. Ein alter Staubsauger stand in der Ecke neben zwei zugebundenen Müllsäcken, sonst gab es nichts in dem Raum. Ein kleines Badezimmer mit einem nagelneuen Boiler befand sich unter der wackeligen Treppe, die nach oben führte. Die Fliesen und Armaturen waren dick mit Kalk verkrustet und die Toilettenschüssel machte den Eindruck, als sei sie vom erstbesten Autobahnklo mitgenommen worden. Geputzt hatten die Herren jedenfalls nicht regelmäßig.

Im ersten Stock fand sie vier winzige Schlafkammern vor, von denen zwei bewohnt waren. Einer der Arbeiter bewohnte ja das andere baufällige Haus in der Reihe. Aus dem Flur fiel Licht in jedes Zimmerchen, denn Türen gab es keine. Durch Ritzen und zersprungene Scheiben pfiff kalte Luft. Es roch modrig und feucht, bestimmt wucherte unter den alten Tapeten und hinter den zerschlissenen Vorhängen der Schimmel fingerdick.

Die Schlafstätten bestanden aus Matratzen, die sorglos auf den Boden geworfen waren. Kleidungsstücke lagen verteilt herum, denn es gab keine Stühle, Tische oder Schränke. Herumliegende lose Hygieneartikel vervollständigten die Unordnung. Kämme lagen zwischen leeren Shampooflaschen und Deodorants standen neben den Matratzen aufgereiht. Candice fand ein Smartphone auf einem Kopfkissen und zu ihrer großen Überraschung einen beachtlichen Geldbetrag in einer Stofftasche, die einfach so neben einer Eingangstür stand. Mit dem Fuß drückte sie die Tasche auseinander. Fünfziger und Zwanziger, wenige Hunderter. Scheine, ungeordnet, ungebündelt. Jemand hatte das Geld einfach in eine Stofftasche geknautscht. Es war viel Geld. Bestimmt mehrere tausend Euro. Schwarzgeld, vielleicht aus dem neuen Baugebiet, da gab es ja genügend Häuser, deren Bau jemand bezahlen musste.

Candice spukte ihre eigene Terrassenüberdachung im Kopf herum, die sie nicht schwarz bezahlt hatte. Wenn er Material kaufen musste, erklärte der Schlosser, gab es keine Möglichkeit, diese Beschaffung an der Steuer vorbei zu erledigen. „Überhaupt", klagte er während einer Pause einmal, „ist das Finanzamt pingelig geworden. Die wollen jeden Beleg sehen und rechnen sogar den Verschnitt nach. Da kann unsereins höchstens bei den Arbeitsstunden ein bisschen was an der Steuer vorbei arbeiten. Ein bisschen bloß, denn der Fuzzi vom Finanzamt rechnet mir sogar vor, wie lange ich für ein Dach, eine Pergola oder ein Treppengeländer brauchen darf. So ein Depp!"

Im Untergeschoss klapperte Geschirr und Candice verließ

hastig das Schlafzimmer, in dem sie nichts verloren hatte. Mit einer Ausrede auf der Zunge war sie bereit, dem Neuankömmling Rede und Antwort zu stehen, doch es war bloß eine Katze, die den restlichen Eintopf verspeiste. Sie klapperte am Geschirr herum.

Unter dem Küchentisch saß eine weitere Katze, die mit großen Augen lauerte, ob vom Eintopf etwas für sie übrigbleiben würde. Candice ging in die Hocke und versuchte die Katze zu locken. „Miez, miez, komm her, Süße. Miez, miez." Die Katze rührte keine Pfote. Als Candice sich wieder aufrichtete, stieß sie gegen den Tisch und während sie sich den schmerzenden Kopf rieb, bemerkte sie das Smartphone, das durch die Erschütterung angegangen war. Das Display leuchtete und es gab keinen Code, der die Daten vor neugierigen Zugriffen schützte.

Wahrscheinlich hätte sie das Smartphone ignoriert, wenn ihr nicht die Nachricht aufgefallen wäre, die im Display stand: „Da hätte ich ja gleich den Jodel anheuern können. Also, da musst mir im Preis schon entgegenkommen."

Der Jodel, das wusste Candice, war eine namhafte Firma in der Gegend. Sie wischte die Nachricht zur Seite und öffnete damit den gesamten Chatverlauf. Es ging um das Verlegen eines Parkettfußbodens. Olek und ein Mann namens Fritz stritten darum, was der neue Fußboden, der ja bereits verlegt war, kosten sollte. Es ging um einige Hundert Euro, die nachverhandelt wurden. Olek drohte damit, den Fußboden wieder rauszureißen, woraufhin Fritz drohte, dem Finanzamt die Schwarzarbeit zu stecken. Nach einigem Hin und Her einigten sie sich darauf, das Finanzamt auf jeden Fall außen vor zu lassen. Man wollte sich in der Mitte treffen, allerdings hatte jeder eine andere Vorstellung davon, wo genau diese Mitte war. Die Diskussion flammte erneut auf.

Candice wischte weiter durch die Chats. Fürs Verlegen von Badezimmerfliesen war ein Tausender fällig, fürs Einbauen einer neuen Kloschüssel ein Hunderter. Einen neuen Gartenzaun gab es für zweitausend Euro, ein frisch eingedecktes Garagendach für das gleiche Geld. Zwischendrin fand Candice Nachrichten von einem gewissen Jürgen, der Olek günstig Baumaterial beschaffen konnte. „Habe vierzig Quadratmeter Amsterdamer Design zum Vorzugspreis da. Interesse?" Ein andermal war das Angebot eindeutig: „Pedro hat Kabel mitgenommen. Verlegt ihr grad Elektrik?"

Auf einigen Bildern waren Fliesen und Parkett zu sehen, die eindeutig nicht einem Großhändler gehörten, sondern bereits auf einer Baustelle lagen. Oleks zwielichtige Geschäftspartner klauten offensichtlich das Material und verscherbelten es. Auf diese Weise und mit einer ordentlichen Portion Schwarzarbeit konnte Olek seine unglaublich günstigen Preise halten.

Sie entdeckte einen Chatverlauf mit Irene Flesica. Sie verhandelte über den Bau eines Einfamilienhauses, eines *kompletten* Hauses, schlüsselfertig. Candice stutzte. Sie kannte Irene Flesica nur flüchtig. Die Frau war Anfang dreißig und engagierte sich in der Gemeinde beim Kuchenverkauf für den Kindergarten oder beim Pfarrfest. Sie wohnte neben den Gartingers in einer kleinen Wohnung und arbeitete als Frisörin im Nachbardorf. Candice hatte kaum Berührpunkte mit ihr und trotzdem hatte sie für Irene Flesica gestimmt, als es um die Gemeinderatswahl ging. Mehr Frauen, mehr junge Frauen, darum ging es Candice.

Sie erinnerte sich an den Smalltalk, den sie mit Flesica beim Kuchenverkauf gehalten hatte. „Uns kleinen Leute vergisst die Politik leicht", polterte Flesica in Stammtischmanier. „Die Großkopferten bringen ihre Schäfchen ins Trockene, die Mittelschicht muss sehen, wo sie bleibt. Deshalb will ich in den Gemeinderat. Damit die Schwachen eine Stimme kriegen." Sie legte Candice ein Stück Käsekuchen auf den Teller. „Ich bin Frisörin mit einem mickrigen Gehalt und irgendwann einer mageren Rente. Kleine Leute wie ich sollten in der Gemeinde mitmischen dürfen, oder etwa nicht?"

Im Chat klang die Stimme anders: „Mir egal, ob es ein paar Tausender mehr kostet, ich will auf jeden Fall im Oktober einziehen. Außerdem will ich den rosafarbenen Marmor mit den goldenen Armaturen ins Bad. Verlegt mir bloß nicht den billigen Granit."

Candice hatte die üblichen Bauzeiten nicht im Kopf, aber wenn der Innenausbau nicht längst angefangen hatte, war von einem Einzug im Oktober dieses Jahres keine Rede. Sie überlegte, ob ihr das Haus bekannt vorkam, das einige Wischbewegungen weiter vorn abgebildet war. Die stufenförmige Terrasse und die Garage mit dem Pultdach und der Photovoltaik kannte sie. „Das steht im Neubaugebiet!", entfuhr es Candice und die Katze zuckte vom restlichen Eintopf zurück. Sie fauchte verärgert.

Candice scrollte weiter. Eindeutig ging es um das Einfamilienhaus im Neubaugebiet, eines der ersten Häuser, die dort gebaut wurden. Es gehörte Irene Flesica, das war ebenso eindeutig. Erstaunlich, fand Candice, wie die alleinstehende Frisörin an das Grundstück und an das Geld für den Neubau gekommen war. Bei den derzeitigen Preisen war das mit Haareschneiden und Trinkgeldern nicht zu finanzieren.

Sie hörte Stimmen, die draußen näherkamen. Blitzschnell und ohne weiter nachzudenken ließ sie das Smartphone in ihre Jackentasche gleiten. Sie verließ das Haus durch die offene Tür und war erleichtert, am Ende der Straße eine Passantin mit ihrem Hund zu sehen. Die hatte ihr den Rücken zugekehrt und entdeckte sie nicht.

Nun machte sie sich wirklich auf den Weg zu Gustav. Das Smartphone spürte sie bei jedem Schritt in ihrer Tasche und schließlich nahm sie es wieder zur Hand und wischte mit dem Daumen durch die Galerie. Mehrere hundert Fotos gab es auf dem Gerät und sie warf gefühlt auf jedes davon einen flüchtigen Blick. Es dauerte nur einen Moment, um die Gemeinsamkeit der Fotos zu erkennen. Häuser und Bauprojekte, allesamt im Neubaugebiet, jede Bauarbeit geflissentlich dokumentierte Schwarzarbeit, ein Geschiebe und Geschacher wie auf einem Bazar.

Einmal verwischte sie sich und landete im Adressbuch. Die meisten Namen sagten ihr nichts, das waren Leute, die weiter weg oder in den Nachbarorten wohnten. Beim Zurückblättern zur Galerie stolperte sie über den Kalender und da gab es viele Einträge mit Zeitangaben, die Olek verfasst hatte. Es ging um Fundamente für den Pool, das Abschleifen von Balkonen, frisch zu streichende Garagen, verlegte Fußböden, Montage von Küchen, Möbeln und Lampen. Alles rund ums

Haus. Von der Bodenplatte bis zum Kamin. Neue Fenster setzen am Montag, die Einfahrt pflastern am Dienstag. Am Mittwoch wurde tapeziert und die restliche Woche ein Badezimmer neu gemacht. Gleichzeitig machte sich entweder Igor oder Egon an andere Arbeiten, verlegte Kabel, mauerte Vorsprünge, setzte Fenster, besorgte Türen. Olek wusste genau Bescheid und koordinierte alles.

Zu jedem Eintrag fand sich die Adresse des Auftraggebers und ein Kostenvoranschlag, bei dem immer die Steuern fehlten. Olek war sehr penibel darauf bedacht, seine und die Arbeiten seiner Truppe zu dokumentieren. Wenn sich einer der Kunden querstellte und nicht bezahlen wollte, hatte er schlagkräftige Beweise in der Hand.

In einem Chat ließ Olek sein Gegenüber wissen: „Wenn du mich anzeigen willst, setze ich mich nach Lettland ab mit all meinem Geld. Dir allerdings reißen sie das Haus ab, denn deine Bodenplatte ist dreißig Zentimeter höher als erlaubt. Überlege es dir."

Die zerknirschte Antwort kam bald darauf: „Ist ja gut, du alter Halsabschneider." Diese Nachricht hatte Alwin Zotter geschrieben, vor nicht mal einer Woche.

Mit dem Smartphone in der Hand konnte Candice nicht länger im Dorf umherlaufen. Sie setzte sich auf die Stufen vor einem Wohnhaus an der Hauptstraße. Flesica Irene. Zotter Alwin. Die Zotter-Brüder lebten gemeinsam im Elternhaus, das sie vor Jahren geerbt hatten. Jeder hatte eine eigene Firma, der eine war Elektriker, der andere Heizungsbauer. Typische Handwerker, wie es sie in jedem Dorf gab. Keiner war verheiratet oder hatte Kinder und trotzdem, das fand Candice heraus, als sie durch den Chat blätterte, hatte jeder der Zotter-Brüder ein Grundstück im Neubaugebiet erworben und ein Haus darauf gebaut. Beide wollten vor Weihnachten einziehen.

Sie fand im Smartphone tatsächlich einen Bebauungsplan mitsamt den Namen derjenigen, die die Grundstücke gekauft hatten. Da waren viele fremde Namen darunter, denn Neubaugebiete zogen meistens gutverdienende vermögende Auswärtige an, erst recht, wenn die Preise dermaßen hoch waren wie momentan. Es gab allerdings einige Namen, die Candice gut kannte.

Kokos und Betman Hein. Die Zotters. Den Schierler Hans fand Candice unter seinem Spitznamen *Polli*. Alle Toten des kleinen Dorfes fand sie im Bebauungsplan und jeder Name war mit einem Grundstück verbunden, das besonders schön lag oder besonders groß war.

Sie entdeckte zwei weitere Namen von Leuten, die ebenfalls im Dorf wohnten. Der erste Name war Gustav Klimt und der zweite Helga Minnenberg.

Helga Minnenberg wohnte ein paar Häuser weiter. Candice joggte sofort die Straße entlang bis zu deren Haustür. Die Fenster waren mit Rollläden verschlossen, die Tür abgesperrt. Nichts deutete auf eine Ungereimtheit hin, nichts auf ein Verbrechen.

Ohne zu zögern hob sie die Hand und drückte den Klingelknopf. Candice drückte lange und ausdauernd und immer wieder, bis sie unter der Tür einen Lichtstrahl aufblitzen sah. Wenig später hörte sie den Schlüssel im Schloss und die Tür wurde einen Spalt geöffnet. Eine

Sicherheitskette verhinderte sofortiges Eindringen.

„Ja?", gähnte Frau Minnenberg verschlafen. „Wissen Sie, wie spät es ist?"

Candice wusste nicht, womit sie anfangen sollte. Mit der toten Irene? Mit dem Berscht, der mordend durchs Dorf zog? Mit dem Smartphone, das sie mitgenommen und durchsucht hatte, obwohl es nicht ihre Angelegenheit war?

„Sie leben", stieß sie aus. „Das ist gut."

„Warum sollte es anders sein?", fragte Frau Minnenberg zurück. „Haben Sie den Verstand verloren? Ich glaube, ich rufe besser die Polizei." Sie machte Anstalten die Tür zu schließen.

„Ihre Tochter Irene ist tot." Candice streckte die Hand durch die Tür, um sie offenzuhalten. „Viele weitere Menschen sind tot und allesamt haben sie etwas mit dem Neubaugebiet zu tun." Sie hob das Smartphone hoch. „Es scheint einen fürchterlichen Zusammenhang zwischen den Toten zu geben und Sie könnten auch auf der Todesliste stehen, zumindest stehen Sie in diesem Bebauungsplan. Wie sind Sie an das Grundstück gekommen?"

Frau Minnenberg guckte sie einige Sekunden lang an. „Moment", sagte sie schließlich und drückte die Tür zu. Candice zuckte die Hand zurück und hörte, wie die Sicherheitskette entfernt wurde. Langsam ging die Tür wieder auf. „Kommen Sie herein. Bitte."

Sie führte Candice in die Küche, wo vom Abendessen ein Topf auf dem Herd stand. An der Spülmaschine blinkte ein rotes Licht, das Frau Minnenberg ignorierte. Sie bot einen Stuhl an. „Habe ich richtig gehört, meine Tochter ist tot?"

„Es tut mir sehr leid, ja." Candice setzte sich. „Sie ist in ihrer Wohnung überfallen und ermordet worden. Mein aufrichtiges Beileid."

Frau Minnenberg ließ sich auf einen Stuhl sinken. „Es ist die Tochter, trotz allem."

Das hörte sich nicht nach übergroßer Trauer an. „Wie meinen Sie das?"

Sie legte die Hände flach auf den Tisch. „Meine Tochter war kein guter Mensch. Sie hat etwas sehr Schlimmes getan."

Das erinnerte Candice an Lotte, die ihren toten Mann nicht betrauerte, sondern direkt in die Hölle wünschte. „Er war kein guter Mensch", hatte sie gesagt.

„Welche schlimmen Dinge?", hakte Candice nach. „Hat Olek damit zu tun? Geht es um Steuerhinterziehung und Schwarzarbeit?"

Frau Minnenberg zuckte die Schultern. „Ich weiß nicht, was Sie im Kopf haben, bei meiner Sache geht es um Mord."

„Mord?", japste Candice. „Ihre Tochter ist in einen Mordfall verwickelt? Wie kann das sein?"

Frau Minnenberg begann zu weinen. Zuerst lief ihr eine einzelne Träne die Wange hinab, dann wurden es schnell mehr. Candice reichte ihr eine Packung Taschentücher, die am Ende des schaukeligen Tisches lag. Frau Minnenberg schnäuzte kräftig. „Sie hat sich mit reinziehen lassen. Die Verlockung war einfach zu groß." Sie knüllte das Taschentuch zusammen und behielt es in der Faust. „Sie sehen ja, wie ich lebe. So ist Irene aufgewachsen."

Die Wohnung war nicht groß und weit entfernt von nagelneu. Alt und abgewohnt, mit den üblichen Problemstellen alter

Wohnungen. Kein Luxus, wie Candice bei einem Rundumblick feststellte. Die Rohre und Elektroleitungen lagen sichtbar auf dem Verputz, es gab keine Zentralheizung, sondern Gasöfen, die man selbst befüllen und befeuern musste. Mit einem Holzofen wurde gekocht, deshalb waren die Ecken im Zimmer schwarz vom Ruß. An den Fenstern blühte der Schimmel, der Fußbodenbelag aus Linoleum löste sich ab.

„Wir waren nie reich und hatten nie von irgendwas im Überfluss", fuhr Frau Minnenberg fort. „Irenes Vater hat sich gleich nach ihrer Geburt aus dem Staub gemacht, von ihm war keine Hilfe zu erwarten. Also haben wir uns durchgeschlagen. Es ging uns trotz aller Abstriche gut. Wir mussten nie hungern, hatten immer ein Dach über dem Kopf." Sie seufzte. „Wenn jemand, der so aufgewachsen ist, eine Gelegenheit erhält. Sie müssen das verstehen. Reichtum lockt. Geld ist immer ein Antrieb, erst recht für jemanden, der nie viel davon hatte."

Candice zeigte ihr Oleks Smartphone mit dem Bebauungsplan. „Wie ist Ihre Tochter an das Grundstück und das Haus gekommen? Hat sie Ihnen ebenfalls ein Grundstück verschafft?"

Frau Minnenberg schaute auf das Bild. „Das war eine schlimme Sache. Es ist immer noch eine schlimme Sache, denn es ist ja nicht vorbei. Das hat Wellen geschlagen, fürchterliche Wellen. Eine ganze Familie ist zugrunde gegangen."

Candice ahnte es. „Die Kepplers?"

Die Tränen rollten unaufhaltsam. Frau Minnenberg brauchte Taschentuch um Taschentuch. Sie schluchzte heftig und es war kein klares Wort von ihr zu verstehen.

Schließlich platzte Candice der Kragen. Sie ließ die geballte Faust auf den Tisch knallen und schrie Frau Minnenberg an: „Diese unselige Mauschelei hat einen Mann in den Selbstmord getrieben und seine Familie ruiniert. Wissen Sie, was Frau Keppler aus Verzweiflung getan hat, nachdem ihr Mann tot in der Gumpe gefunden wurde?" Obwohl Candice einige Sekunden wartete und die Frau es einfach wissen musste, zeigte Frau Minnenberg keine Reaktion.

„Sie hat den Hof angezündet!" Candice bekam kaum Luft. „Sie hat den Bauernhof angezündet und alles brannte bis auf die Grundmauern ab. Ihre Leiche wurde im Schlafzimmer gefunden, im Ehebett." Mühsam brachte sie ihre Stimme und sich selbst wieder unter Kontrolle. „Die beiden Töchter leiden unsäglich darunter. Anna hat einen Nervenzusammenbruch und ist in einer psychiatrischen Anstalt untergebracht."

„Aber Mira", wandte Frau Minnenberg ein, „Mira geht es gut. Sie hat ein Haus und eine Familie. Die kleine Anastasia ist ein Sonnenschein und der Bub ist ja so herzig."

Candice kannte Mira Küster, die damals vor der Hochzeit Keppler geheißen hatte, und ihre Familie natürlich. Sie hatten das Haus auf der anderen Straßenseite gekauft, kurz bevor der alte Keppler auf so schändliche Weise um seine Wiese gebracht worden war. Candice konnte von ihrer Einfahrt beobachten, wie die Baugrube ausgehoben, das Fundament gesetzt und die Mauern hochgezogen wurden. Sie erlebte den Sturm, der das halb fertige Dach wieder abdeckte und war eingeladen zu der Einweihungsfeier, als das Haus endlich stand und Mira mit ihrer kleinen Familie einziehen konnte. Es war eine wunderbare Feier, nur fehlte der alte Keppler. Niemand wusste, wo er abgeblieben war, bis man ihn spät in der Nacht tot in der Gumpe treibend fand.

„Es geht Mira nicht gut", widersprach Candice. „Die Eltern haben sich das Leben genommen, die Schwester den Verstand verloren und finanziell steht ihr das Wasser bis zum Hals. Bei Brandstiftung und Selbstmord zahlt die Versicherung nicht und die Wiese, das einzige Vermögen der Familie, ist ihnen abgeluchst worden. Nein, es geht Mira nicht gut."

Die Packung Taschentücher war leer. Frau Minnenberg behielt alle verweinten Tücher zusammengeknüllt in der Faust. „Das tut mir so leid."

Dafür war es reichlich zu spät, fand Candice. Sie machte den Bebauungsplan auf dem Smartphone größer. „Betman, die Zotters, der Schierler und Kokos waren im Gemeinderat, als dem alten Keppler die Wiese abgeknöpft wurde. Ihre Tochter ebenfalls. Sie nicht. Wie stecken Sie mit drin?" Candice hätte am liebsten einen Schnaps getrunken. „Was war Ihre Aufgabe, Frau Minnenberg? Warum haben auch Sie ein Grundstück abbekommen?" Candice zeigte auf das Smartphone, ohne den Bildschirm zu berühren. „Es ist ein kleines Grundstück, das weniger günstig liegt, aber für eine Frau, die stets in Armut gelebt hat, ist es eine tolle Sache. Warum haben Sie es bekommen?"

Ein Geistesblitz schoss Candice durch den Kopf. Sie erinnerte sich, Frau Minnenberg und den alten Keppler beim Spazierengehen gesehen zu haben. Sie in der schweinchenrosa Jacke, er mit Walkingstöcken, die er nicht benutzte, sondern bloß herumtrug. Die Rentnerin und der

Kleinbauer, der seine Landwirtschaft aufgehört hatte, verstanden sich offenbar gut, jedenfalls sah man sie beinahe jeden Tag eine Runde ums Dorf gehen. Manchmal tranken sie danach Kaffee im Dorfladen. Dann brachte der alte Keppler seiner Frau, die mit zwei kaputten Kniegelenken nicht mehr weit gehen konnte, immer ein Stück Kuchen mit.

„Sie haben den alten Keppler in die Sache reingequatscht", war sich Candice sicher. „Er hatte bestimmt Zweifel am Verkauf der Wiese, besonders, wenn dabei relativ wenig Geld zu erwarten war. Wenn einem allerdings eine gute Freundin dazu rät, eine Freundin, mit der man seit Monaten jeden Tag eine Spazierrunde dreht, mit der man Kaffee trinkt und mit der man über alles reden kann... Er hat Ihnen vertraut und die Wiese weit unter Wert verkauft, weil Sie ihm dazu geraten haben. War es so? Frau Minnenberg, reden Sie endlich!"

In diesem Moment gab es einen fürchterlichen Knall. Holz splitterte und schepperte, Glas barst. Im Flur war der Tumult ohrenbetäubend. Vor Lärm und Schreck blieb Candice beinahe das Herz stehen. Gelähmt vor Angst saß sie auf ihrem wackeligen Holzstuhl und beobachtete, wie der leibhaftige Berscht auf Frau Minnenberg losging.

Ein gewaltiges Monster von beinah zwei Metern Größe stürzte sich auf sie. Das zottelige Fell flog in alle Richtungen, während er mit seinen krallenbewehrten Klauen auf die arme Frau einhackte. Messerscharfe Klingen zerschnitten ihr das Gesicht, die Arme, die Brust. Mit einem Schrei riss sie die Hände vors Gesicht, was völlig vergebens war. Die schmalen Finger hatten nichts entgegenzusetzen. Die Bestie tobte wildgeworden, riss die Läufe in die Höhe und ließ die Klauen herabsausen. Blut spritzte, Fleischfetzen und Hautstücke schleuderten herum, gegen die Wände, die Schränke, überallhin. Die Schreie der sterbenden Frau ließen das Blut in den Adern gefrieren.

Der Berscht brüllte tief aus seiner Kehle. Er knurrte und geiferte und zerriss sein Opfer in einem wahren Blutrausch. Immer wieder trieb er seine Klauen in ihr Fleisch und hackte den Körper immer kleiner. Frau Minnenberg war längst tot, als der Berscht schnaubend von ihr abließ und mit großen Sätzen durch den Flur und die eingeschlagene Haustür verschwand.

Candices Herz raste. Ihre Hände waren schweißnass vor Angst und Schrecken, sie zitterte. Sie saß auf dem Stuhl, eben im Gespräch mit Frau Minnenberg, nun blutbesudelt und völlig fassungslos. Eine Sache von Sekunden.

Der Berscht. Sie hatte ihn gesehen. Es gab ihn tatsächlich. Er glich einem Wolf auf zwei kräftigen Hinterbeinen, mit einer fürchterlichen Fratze, einem glänzenden dunkelgrauen Fell und einem modrigen Gestank, wie er nur einem Wesen aus der Hölle anhaften konnte. Der Berscht hatte vor ihren Augen Frau Minnenberg zerfetzt und Candice selbst keines Blickes gewürdigt.

Endlich wich die Schockstarre von Candice. Sie hob die Hände und rieb sich übers Gesicht, wobei sie die Blutspritzer auf ihrer Haut verwischte. Ihre Hände sahen aus, als hätte nicht der Berscht, sondern sie selbst Frau Minnenberg getötet. Sie versuchte die Hände an der Hose abzuwischen.

Mit den Schuhen stand sie in der Blutlache, die sich langsam ausbreitete. Es war erstaunlich, wie viel Blut ein Mensch in sich hatte. Nachdenken. Überlegen. Auf dem Tisch lag die Packung Taschentücher und Candice nahm sich eines, um sich das Gesicht zu reinigen. Plötzlich fiel ihr Gustav ein und sie sprang auf.

Bei jeder Bodenberührung schmatzte es unter ihren Füßen. Sie zog eine Spur, das war ihr klar, doch Gustav zu warnen war jetzt wichtiger als die Vermeidung von Spuren. Vielleicht hatte sie nicht bloß zu viele Krimis gelesen, sondern auch zu viele Drehbücher zu Thrillern geschrieben. Vielleicht war sie in Wirklichkeit gar nicht so verdächtig, wie es ihr schien. Die echte Polizei hatte womöglich gute Methoden, um eine Zeugin von einer Täterin zu unterscheiden.

Selbst wenn nicht, es war wichtiger, Gustav zu warnen. Sein Leben stand auf dem Spiel. Er war der letzte aus dem Bebauungsplan, der am Leben war. Womöglich sauste der Bersch sofort zu Gustav, um ihn ebenfalls in Stücke zu reißen. Candice musste ihn warnen, sie musste einfach.

Die Kirchturmuhr schlug fälschlicherweise erneut zehn Uhr, als sie über die dunklen Gehwege hetzte und in der Ferne undeutliche Stimmen hörte. Das war vielleicht Michaela mit ihrer Truppe, die nach dem Bersch suchten. Oder es waren Angehörige, die ihre Opfer beklagten. Wenn Candice sich nicht beeilte, würde es einen weiteren Toten geben.

Sie sauste so schnell sie konnte die Straße entlang und bog in den Fußweg ab, der an ihrem Haus vorbeiführte. Lottes Haustür, das sah sie im Vorbeiflitzen, war geschlossen. Licht brannte hinter allen Fenstern und Candice sah die Umrisse von drei Personen hinter den Vorhängen im Wohnzimmer. Lotte und ihre beiden Söhne waren heimgekommen. Sie waren in Sicherheit, wenngleich sie Heins Leiche im Schlafzimmer liegen hatten.

Links abbiegen. Das dritte Haus auf der linken Seite gehörte Gustav. Es war ein schnuckliges Einfamilienhaus mit einem kleinen Garten außen herum. Kein Luxus, nur zweckmäßig. Im Erdgeschoss Wohnküche und Gästetoilette, im zweiten Geschoss mit Kniestock ein Badezimmer und zwei nicht übermäßig große Schlafzimmer. Ein schlichtes Haus ohne Schnörkel, eben das, was ein gewöhnlicher Notar sich in dieser teuren Gegend leisten konnte.

Atemlos ließ sie ihre Beine die letzten Schritte tun, ehe sie gegen die Haustür fiel und gleichzeitig den Finger auf den Klingelknopf drückte. Ihre Lunge brannte von der kalten Luft und der Aufregung und vor allem vom fehlenden Training. Sie hatte mal Laufschuhe gekauft und das Joggen sogar eine Woche durchgezogen, bis ihr Knie und Rücken wehtaten. Seitdem vergammelten die Laufschuhe im Schrank. Diese Schmerzen waren ihr lebhaft in Erinnerung; sie hielt jede Langstreckenläuferin für eine gestörte Masochistin.

„Gustav!" Sie begann mit der Faust gegen die Haustür zu hämmern, bis ihr die Finger wehtaten. „Aufmachen!"

In den Ritzen zwischen den Rollläden sah sie Licht, er musste da sein. Er oder seine Frau. „Aufmachen!", schrie Candice so laut sie konnte. „Du bist in großer Gefahr!"

Da hörte sie Schritte hinter der Tür und wenig später schaute Gustav sie böse an. „Das weiß ich selbst. Was meinst du, warum ich mich daheim verschanzt habe?" Er machte eine winkende Handbewegung. „Hau ab, du lockst ihn bloß an."

„Wen?" Ihre Stimme klang heiser. „An die Bestie aus der

Hölle glauben wir beide nicht. Wer ist es, den ich anlocke?"

Sein Blick zuckte ständig in der Umgebung herum. Er konnte ihr nicht in die Augen sehen, selbst dann nicht, als sie schweigend dastanden und jeder auf eine Regung des anderen wartete. Es war so still, man hätte eine Nadel fallen hören.

„Ich habe ihn gesehen", sagte Candice schließlich. „Den Berscht. Er hat die Tür eingetreten, gerade als ich mit Frau Minnenberg sprach. Er fiel über sie her, zerfetzte sie mit seinen Klauen und verschwand wieder, ohne mich zu beachten. Gustav, ich habe das Monstrum gesehen. Mit meinen eigenen Augen. Ich war ihm so nahe, ich hätte sein Fell berühren können. Seinen Gestank habe ich wahrgenommen!"

„Die Minnenberg ist auch tot?" Seine Stimme kratzte in der Nacht. Er trat von der Tür weg und packte Candice gleichzeitig am Ärmel. Sie wurde ins Haus gezerrt und hinter ihr schloss er die Tür. Er legte sämtliche Sicherheitsketten vor, die er an der Tür hatte. So viele Ketten und Riegel hatte Candice nie zuvor gesehen. Es gab sogar einen Balken aus Stahl, der quer über die gesamte Tür reichte.

Im Durchgang zum Wohnzimmer erschien Gustavs Frau. Sie war im Schlafanzug und hatte sich einen Morgenmantel übergezogen. Ihre Füße steckten in rosa Plüschpantoffeln.

Gustav schickte sie weg. „Geh ins Bett zurück. Es ist alles gut."

Sie drehte sich auf dem Absatz herum und man hörte sie die Treppe nach oben steigen. Gustav zerrte Candice in die Wohnküche und schloss die Tür zum Flur. „Meine Frau weiß von nichts. Sie braucht nichts erfahren."

Candice hingegen wollte alles wissen. „Der Gemeinderat hat den Keppler um ein Vermögen betrogen und die Familie ruiniert. Jeder, der heute Nacht gestorben ist, hatte seine Finger im Spiel. Sogar die Minnenberg hat ihre Rolle perfekt gespielt und Kepplers Vertrauen ausgenutzt. Sie hat ihn überhaupt erst in dieses ganze Schlamassel gequatscht."

„Alle haben ihm abgeraten", sagte Gustav. „Seine Frau und seine Töchter hätten die Wiese lieber behalten. Auf die paar Euro, die der Verkauf bringen sollte, waren sie nicht angewiesen. Behalten und abwarten, das war ihre Devise. Es hat die Minnenberg wochenlange Überredungskünste gebraucht, bis der Keppler sich gegen seine Familie durchgesetzt hat. Für diese Mühen hat sie einen kleinen Obolus erhalten."

„Dein *kleiner Obolus* ist eine halbe Million wert", kritisierte Candice. Sie tippte sich nachdenklich gegen das Kinn. „Und du? Wie steckst du mit drin? Immerhin hast du auch ein Grundstück bekommen und baust eine nicht gerade kleine Villa dorthin."

Gustav reckte das Kreuz durch und verschränkte die Arme. „Mit dubiosen Machenschaften habe ich nichts zu tun. Ich habe geerbt und investiere das Geld nun in ein schmuckes Häuschen."

„Schmuckes Häuschen!", stieß Candice aus. „Das ist eine Villa mit Pool und Spa-Bereich."

„Jeder, Candy, darf bauen, was ihm gefällt."

„Ich heiße Candice, immer noch Candice."

Er zuckte die Schultern und sie war sich nicht sicher, wie weit sie ihm trauen konnte. „Du bist Notar", rief sie ihm in Erinnerung. „Bei Geschäften rund um Immobilien und Grundstücke braucht es immer einen Notar und du hast dein Büro in der Stadt. Du bist für alle in der Umgebung die erste Anlaufstelle."

Gustav wiegelte ab: „In den neumodernen Zeiten von Internet und Suchmaschinen findet jeder den Notar, der ihm gefällt. Ich habe Kundschaften vom Tegernsee bis zum Allgäu, von Garmisch bis Ingolstadt. Was auch immer du glaubst aufgedeckt zu haben, mit diesen Machenschaften habe ich nichts zu tun. Ich bin ein durch und durch ehrlicher Notar."

Tatsächlich konnte Candice sich nicht erinnern, irgendwo in Oleks Smartphone einen Hinweis auf Gustav gefunden zu haben. Weder als Notar noch als Auftraggeber oder Bauherr. „Traust du mir das zu?", ereiferte sich Gustav. „Ein Notar, der sich in eine solche Schandtat verwickeln lässt, ist seine Zulassung los. Er kriegt beruflich keinen Fuß mehr auf den Boden. Ich ruiniere mir nicht mein Berufsleben und meinen guten Ruf."

„Wenn mich irgendwer im Dorf gefragt hätte", konterte Candice, „ob ich einem Gemeinderat einen solchen Betrug zutrauen würde, hätte ich verneint. Keinem einzelnen hätte ich das zugetraut. Nicht dem Kokos, der lächelnd Makronen an alle verteilt hat, nicht der Flesica, die betulich alle Pfandflaschen einsammelt und die Bons einlöst, nicht dem Polli mit seinen Bienen oder dem Betman in seiner Arbeitswut. Die Zotters haben beim Pfarrfest immer die Hüpfburg aufgebaut und Olek mit seinen Leuten war sofort zur Stelle, wenn in der Schule oder dem Kindergarten Not am

Mann war. Die haben sogar am Sonntag die Wasserleitung neu verlegt, damit am Montag wieder Unterricht stattfinden konnte." Candice musste Luft holen. „Obwohl ich diese Leute für hilfsbereit und nett gehalten habe, muss ich ihre Namen auf einem Bebauungsplan lesen, wo sich nur reiche Städter Grundstücke und Häuser leisten können. Ich habe Kontoauszüge gesehen, wo mehrere Hunderttausend verbucht sind. Der Kokos ist Kunde bei mindestens acht verschiedenen Banken und auf jedes Konto hat er einen größeren Geldbetrag bar eingezahlt. Wie kommt der kleine Tierpfleger an so viel Geld?" Sie redete sich in Rage. „Die Flesica, die sich über fünf Euro Trinkgeld gefreut hat, möchte plötzlich *rosafarbenen Marmor* in ihr neues Bad gelegt bekommen und es ist ihr egal, ob es ein paar Tausender mehr kostet." Candice schnappte nach Luft. „Das geht bloß durch Betrug!" Ihr lief ein Schauer über den Rücken. „Jemand ist dem allen auf die Schliche gekommen und nimmt nun in Gestalt des Berscht fürchterlich Rache. Gustav, wer?"

„Was weiß ich?" Gustavs Stimme überschlug sich. Er musste husten und holte sich ein Glas Wasser, ehe er fortfuhr: „Ich bin ihm draufgekommen, ihm und seiner Bagage. Das war alles die Idee vom Schierler Hans, der hat sich das ausgedacht und die anderen mit reingezogen. Weil ihm der Keppler von seinen Ruhestandsplänen erzählt hat und von den Töchtern, die kein Interesse an der Landwirtschaft haben. Den Stall wollte er abreißen und ein Wohnhaus hinbauen mit mehreren Parteien und hübschen kleinen Apartments. Auf seine einzige Wiese im Dorf sollten Häuser kommen, um sie zu vermieten. Für eine bessere Rente und damit seine Töchter mal ein

Polster haben. Mit Vermietung lässt sich immer gutes Geld machen." Er tat einen tiefen Atemzug und räusperte sich. „Den Plan hat der Schierler ihm durchkreuzt und der Galgenvogel hat den Gemeinderat in seinen habgierigen Plan hineingezogen. Als ich voriges Wochenende auf dem Hirscher Ansitz war, habe ich ihn, also den Schierler, und den Olek reden hören. Die glaubten, sie wären allein im Wald, dabei habe ich alles gehört. Jedes einzelne Wort ihres fürchterlichen Plans." Er klang sehr wütend und kippte das Wasserglas mit großen Schlucken in seine Kehle. „Mir hat sich der Magen umgedreht, als ich begriffen habe, worüber die sich unterhalten. Die haben das Unglück ins Dorf gebracht, diese missratenen Hurensöhne. Der raffgierige Schierler und der Olek, der den Hals nie vollbekommt und für einen Auftrag seine Großmutter verpfänden würde." Er schien ein zweites Glas Wasser zu wollen, überlegte es sich anders und tauschte das Wasser gegen Ouzo aus dem Kühlschrank. „Das Gerede hat mich nicht kalt gelassen. Ich bin runter vom Ansitz und habe die Bande zur Rede gestellt. Die haben sich wie Aale gewunden und meinten, ich hätte alles falsch verstanden und sie redeten über etwas völlig anderes. Da habe ich ihnen mein Smartphone gezeigt, mit dem ich das Gespräch aufgenommen hatte. Sie wollten mir ans Leder, aber einem Jäger mit Waffe kommen diese Clowns nicht bei. Denen habe ich die Leviten gelesen und ich habe ihnen drei Tage Zeit gegeben, um die Sache in Ordnung zu bringen."

Candice fiel ein Stein vom Herzen. „Also hast du mit der Sache nichts zu tun."

„Ein bisschen doch." Gustav ließ sich auf den Küchenstuhl

fallen und griff nach einem Keks, der auf dem Teller wartete. „Das Ultimatum ist längst vorbei. Ich habe mich bequatschen lassen und dem Pack eine Verlängerung gewährt. Es sei halt schwierig, bla-bla-bla, man wisse nicht, wie man das anfangen solle, die Familien würden mit reingezogen, das ganze Dorf wäre in Aufruhr, alles im Neubaugebiet müsse neu verhandelt werden. Man kennt die Ausreden, die solches Gesocks liefert. Ich hätte keine Zugeständnisse machen dürfen. Keinen einzigen Tag lang. Ich hätte sofort zur Polizei gehen sollen. Selbst wenn der Verkauf der Wiese wasserdicht ist, hätte man alle Beteiligten wegen Schwarzarbeit und Steuerhinterziehung drangekriegt." Ohne abgebissen zu haben, legte er den Keks zurück. „Jetzt ist jemand auf Rachefeldzug und so viele Leute sind tot, weil ich nicht den Mut hatte, den Saustall aufzuräumen."

Jemand. Der aufrechte Gang des Berschts erinnerte Candice an eine menschliche Gestalt. Er knurrte in einer Tonlage, die zu einer weiblichen Stimme passte, die sich gekonnt verstellte. Die Klauen, die er an den haarigen Pfoten trug, konnten auch Messerklingen unter künstlichen Krallen sein. Die Hörner am Kopf und die rotleuchtenden Augen wirkten sehr echt und furchteinflößend und völlig anders als ein banales Faschingskostüm. Vollends überzeugend war der Gestank. Kein Mensch auf dieser Welt konnte so fürchterlich nach ranzigem Katzenfutter, Mottenkugeln und Rosendünger stinken.

Kapitel 9

Gustav hatte ihr einen doppelten Ouzo aufgedrängt und nun kribbelten Candice die Kehle und der Magen von dem starken Zeug. Die Augen tränten. Die Aufregung ließ sie zittern und ihre Knie weich wie Gelee sein. „Der Berscht ist gut informiert", stellte Candice fest. „Mich hat er nicht angerührt, nicht mal eines Blickes gewürdigt."

Gustav hatte mehrere Schnäpse intus. „Wenn du die hättest reden hören. Wie sie gelacht haben über die Einfältigkeit vom alten Keppler, wie er sich hat um den Finger wickeln lassen von der Minnenberg. Richtig lustig gemacht haben sie sich über ihn und seine Familie. Kinderleicht sei es gewesen, ihm das Blaue vom Himmel vorzulügen und das Baugebiet für ein Butterbrot zu kaufen. Selbst die Nutzungsänderung, die der Gemeinderat in der nächsten Sitzung vorgenommen hat, hätte der alte Keppler nicht mitbekommen, wenn ihm nicht ein Nachbar was gesteckt hätte. Da war es längst zu spät. Verkauft war verkauft. Moralisch richtig war es nicht, ganz klar ein Betrug, aber rechtlich in trockenen Tüchern. Wenn ich das durchrechne, könnte es sich um einen Schaden für den Keppler in Höhe von mehreren Millionen handeln. So viel Geld, das diese Geier ihm einfach nicht gönnen wollten." Er schüttelte fassungslos den Kopf.

Candice holte Oleks Smartphone aus der Tasche und blickte es lange an. Seine Skizze mit den handschriftlichen Notizen brachte Licht ins Dunkel und war vielleicht der Beweis, den die Polizei brauchte, um die Betrüger nachträglich zur Rechenschaft zu ziehen. Andererseits war es vermutlich tatsächlich so, wie Gustav sagte: Rechtlich alles in Ordnung, wenngleich moralisch zutiefst verwerflich. Candice mochte es nicht gern zugeben. „Mira steht ohne Handhabe da. Ihre Familie ist vernichtet und sie hat keine Chance auf Gerechtigkeit, vom entgangenen Vermögen ganz zu schweigen."

Candice erinnerte sich an die Beerdigung des alten Kepplers. Das ganze Dorf war auf den Beinen und es wurden lange Grabreden gehalten auf das langjährige Mitglied im Veteranenverein und das treue Fördermitglied der Freiwilligen Feuerwehr. Auf dem Friedhof war kaum genügend Platz für all die Trauergäste und den Blumenschmuck. Es dauerte eine ganze Stunde, ehe jeder am Grab Abschied genommen hatte. Der Leichenschmaus wurde beim Wirt gehalten, wie es im Dorf üblich war. Die Gaststube und das Nebenzimmer waren mit Leuten vollgestopft, die Bedienungen sausten umher, um allen Getränke und Speisen zu bringen.

Anna Keppler fehlte. Sie war bei der Gruppe junger Leute, die den alten Keppler in der Gumpe fand. Sie erlitt einen Schock, einen Nervenzusammenbruch. Seitdem sie den Vater mit dem Gesicht nach unten im Wasser treiben gesehen hatte, war sie nicht ansprechbar. Sie reagierte auf nichts und niemanden, lag im Bett und bekam starke Medikamente.

Die Witwe, die Bäuerin, zog sich nach der Bestattung zurück und ging nach Hause. Während im Gasthof auf den Verstorbenen angestoßen und sein Suizid betrauert wurde, schichtete die alte Bäuerin das Altpapier von der Scheune ins Schlafzimmer. Während Kaffee und Kuchen serviert wurden, übergoss sie das aufgetürmte Altpapier mit Reinigungsbenzin und Spiritus und zündete es an. Sie legte sich ins Bett und starb an einer Rauchgasvergiftung. Sie war tot, bevor die Flammen ihren Körper erreichten und sie verzehrten.

Drei Tage später wurde das Familiengrab geöffnet und der Sarg mit Elisabeth Keppler, Altbäuerin, Ehefrau und Mutter, neben den Sarg ihres Mannes gelegt. Wieder war der Friedhof fast zu klein und die Gastwirtschaft brechend voll. Diesmal verzichtete die Freiwillige Feuerwehr auf den Schnaps nach dem Essen, aber diesmal brannte auch nichts ab. Am Abend, nachdem alle Trauergäste gegangen waren, stand Mira Küster allein am Grab ihrer Eltern. Der Blumenschmuck war überbordend, es roch nach feuchter Erde.

Am Tag danach lagen die Blumen in Fetzen und die frisch aufgehäufte Erde hatte tiefe Einschlagslöcher vom heftigsten Hagel, der das Dorf je heimgesucht hatte. Es war eine Tragödie auf jeder Ebene.

Auf dem Weg zum Dorfladen kam Candice am Friedhof vorbei. Sie senkte den Blick nicht, als sie Mira Küster die Überbleibsel der Blumen wegräumen sah. „Schlimmes Unwetter. Hat viel kaputtgeschlagen."

Mira seufzte. „Es ist keine gute Zeit für mich. Alles wächst mir über den Kopf, um alles muss ich mich selbst kümmern. Die Beerdigungen, das Geschiss mit den Versicherungen, die Bürokratie. Meine Schwester kann nicht helfen, sie ist in der Klinik und wird wohl nicht so schnell herauskommen."

Candice verweilte betroffen. „Kein Anzeichen der Besserung?"

„Sie hat abgeschlossen", sagte Mira. „Sie ist völlig in sich zurückgezogen und reagiert auf gar nichts. Manchmal, ja, manchmal weint sie."

Eine Weile sammelte Mira schweigend die zerrissenen Blütenblätter ein und warf sie in einen Sack zu den anderen kaputtgeschlagenen Blumen. Auf der Kirchturmspitze saß ein Falke, der einen zerzausten Eindruck machte. Sogar an den Vögeln war das Unwetter nicht spurlos vorbeigezogen.

„Weißt", sagte Mira schließlich, „der Kokos hat mir einen Kredit angeboten, falls ich Schwierigkeiten damit hätte, all die Gebühren und Auslagen für die Bestattungen zu bezahlen." Sie schnaubte böse. „Ich habe ihm gesagt, er solle sich seinen Kredit an den Hut stecken. Erst übervorteilen er und die anderen Gemeinderäte meinen Vater, dann würden sie mir einen Kredit anbieten. Ich bin nicht blauäugig wie mein Vater. Die sollen mir nicht unter die Augen kommen, diese gemeine Bagage von Halsabschneidern."

„Dreist", fand Candice. „Dir einen Kredit anzubieten, das ist dreist. Hast du denn Geldsorgen? Soll ich dir unter die Arme greifen?"

Mira rückte auf Knien ein Stückchen weiter, um dort die Reste vom Hagel einzusammeln. „Danke dir sehr", sagte sie. „Für die Bestattung hatten meine Eltern vorgesorgt, da fehlt es nicht."

Candice überlegte, ob sie Mira Geld für die Versorgung der Schwester anbieten sollte. Candice hatte selbst geerbt, vor einigen Jahren, als ihre damals beste Freundin bei einem Autounfall ums Leben kam. Sie hatte keine Familie und hinterließ ihren weltlichen Besitz Candice. So kam Candice zu einem Aquarium mit Goldfischen, um die sie sich immer noch kümmerte, und einem stattlichen Geldbetrag, der die Kosten für die Wohnungsauflösung und die Beerdigung weit überschritt. Sie hatte das Geld angelegt und seitdem nicht angerührt. Es fühlte sich nicht richtig an, etwas mit diesem Geld zu kaufen; es herzuschenken oder zu verleihen war für Candice in Ordnung.

„Es heißt", fuhr Mira fort, ehe Candice ihr dieses Geld anbieten konnte, „die Zeit heile alle Wunden, aber ich fühle mich nicht danach. Meinem Gefühl nach, meinem inneren Gespür für Gerechtigkeit nach haben die Betrüger kein Recht auf ein glückliches Leben oder Leben überhaupt. Ich weiß genau, wenn sich eine Gelegenheit bietet, werde ich Rache nehmen, ohne mit der Wimper zu zucken."

An diese Worte erinnerte sich Candice überdeutlich, als sie neben Gustav stand und das Smartphone in der Hand wog. Dies war eine Nacht der Rache.

„Wir sollten das Smartphone der Bürgermeisterin bringen", sagte Candice nachdenklich. „Vielleicht können mit neuen Beweisen die Ermittlungen erneut aufgenommen werden. Vielleicht gibt es Gerechtigkeit für die Kepplers."

Gustav setzte das Ouzo-Glas hart auf den Tisch. „Ich komme mit."

„Ist dir das nicht zu gefährlich?", fragte Candice. „Vorhin hast du dich verbarrikadiert und wolltest die Tür nicht öffnen."

„Durch mein Zaudern hat diese fürchterliche Sache passieren können", sagte Gustav. „Noch einmal passiert mir das nicht. Ich bin nicht noch einmal aus falschen Gründen feige."

Also machten sie sich auf den Weg. Der Kirchturmuhr nach

war es unverändert zehn Uhr. Sie schlug vier helle Töne und zehn dunkle. „Ein Uhrmacher muss sich dringend die Uhr anschauen", fand Candice. „Die ist völlig hinüber."

Gustav ging neben ihr. „Was ist sonst in dem Smartphone, das für die Ermittlungen wichtig sein könnte? Ein konkreter Hinweis, wer der Berscht sein könnte?"

„Mir ist auf den ersten Blick nichts aufgefallen."

Gustav streckte die Hand aus. „Darf ich mal sehen?"

Sie gingen den Fußweg neben Candices Haus hoch. In Lottes Haus brannte Licht und die laute Musik dröhnte wummernd in die Nacht. Man hörte Lotte und ihre Söhne lauthals grölen und singen. Scherben klirrten, gefolgt von ausgelassenem Gelächter. Candice brauchte nicht zu klingeln, um ihre Hilfe anzubieten, die Familie kam allein zurecht.

„Das Smartphone", bohrte Gustav nach, „kann ich es mal sehen?"

Candice friemelte es aus ihrer Jackentasche. Das war nicht ganz einfach, denn das Smartphone war groß und der Zugriff zur Tasche eng genäht. Sie musste es richtig herum erwischen, um es hervorholen zu können.

Sie bogen am Ende des Fußwegs auf die Straße und sahen sich plötzlich einer Gruppe Frauen gegenüber. Sie tuschelten und wisperten im Schein von Straßenlaterne und Vollmond.

Gustav machte vor Schreck einen Schritt rückwärts. „Was treibt ihr denn hier?" Er richtete sein Gewehr, das er natürlich mitgenommen hatte, auf die Frauen.

Michaela, die ganz vorne stand, hob trotzig ihr Kinn an. „Sieh' mal da, der Jäger und Notar. Gustav Ernesto Klimt."

Candice fragte: „Neues vom Berscht?"

Michaela ließ Gustav nicht aus den Augen. „Bisher ist die Bestie einen Schritt vor uns."

Hinter ihr formierten sich die Frauen wie zum Gefecht. Ruhig und langsam fassten sie ihre Waffen fester und machten sich bereit.

„Wir sind auf dem Weg zur Bürgermeisterin", erklärte Candice. „Dieses Smartphone könnte die Ermittlungen rund um den Verkauf der Kepplerschen Wiese neu aufrollen." Sie hatte es endlich aus der Tasche raus und zeigte es in die Runde. „Es könnte die Karten, respektive die Grundstücke im Neubaugebiet, völlig neu mischen."

„Wie kommst du an Oleks Smartphone?", fragte Billie. „Das lag doch auf dem Tisch?"

Candice stutzte. „Woher weißt du, wessen Smartphone das ist und wo ich es gefunden habe?" Als sie die Frage aussprach, wusste sie die Antwort bereits. „Du hast Olek mit voller Absicht erschossen und das Smartphone auf den Tisch gelegt, damit die Polizei es findet." Sie ging in Gedanken den Ablauf durch, den Michaela und Billie früher in der Nacht berichtet hatten. „Olek stürzte mit einem Messer in der Hand aus dem Haus und auf den Berscht zu." Sie tippte sich mit dem Smartphone in die offene Hand. „Er war drauf und dran die Bestie zu erstechen, aber du hast ihn erschossen und damit dem Berscht das Leben gerettet."

Ihr fiel die Tasche voll Geld ein, die wie achtlos hingestellt im Raum wartete. Etwas zu achtlos. Jemand, dem das Geld gehörte, hätte die Tasche wenigstens hinter einem Kissen oder einem Möbelstück versteckt. Außer Sichtweite. Das Schwarzgeld war platziert worden, damit die Ermittler stutzig wurden und genauer hinschauten.

Binnen Sekunden erkannte Candice die Zusammenhänge. Sie griff das Smartphone fester und schob es zurück in ihre Jackentasche. „Ihr seid ein Exekutionskommando", stellte sie fest und ihr Blick fand Billie. „Anastasias Taufpatin und eine gute Freundin der Familie." Die Augen rutschten zur nächsten Frau: „Michaela, du bist Miras beste Freundin." Ihr fiel die Ärztin ein, die sich im Hintergrund zu verbergen suchte. „Sie sind Norma Zervis, Ärztin und Rechtsmedizinerin und Anton Kepplers deutlich jüngere Schwester. Sie haben die Obduktion an Ihrem Bruder durchgeführt, nachdem er in der Gumpe ertrunken ist." Die letzte Frau in der Runde war Katti und Candice wusste, wie sie zur Familie Keppler stand: „Norma Zervis' Tochter und Miras Cousine. Ihr wütet durchs Dorf und übt grausame Rache."

„Grausam!", stieß Billie aus. „Wir sind nicht diejenigen, die grausam sind. Wenn du erlebt hättest, wie viel Mira geweint hat um ihre Familie, um den Vater, die Mutter, die Schwester. Die arme Schwester, die den Verstand völlig verloren hat und nie wieder die alte sein wird."

„Wenn du wüsstest", fuhr Michaela fort, „wie viele Stunden die kleine Anastasia apathisch aus dem Fenster starrt und nach den Großeltern fragt, wenn du das nur wüsstest. Die Leute tuscheln und natürlich bekommt die Kleine das mit. Die anderen Kinder wenden sich ab von ihr, weil sie glauben, ihr Großvater ginge als Geist im Dorf umher."

„Die haben sich bereichert", zischte Katti. „Die ganze durchtriebene Sippschaft hat sich schamlos bereichert und dafür eine liebevolle Familie ans Messer geliefert. Wir sind nicht grausam, wir nicht." Katti hielt ihr Gewehr wie Rambo im Anschlag. Sie wich keinen Millimeter zurück. „Von dem ganzen ergaunerten Baugebiet haben sie sich die Filetstücke herausgepickt und keine Sekunde daran gedacht, was es wohl mit der Familie macht, die diese ruchlose Bereicherung Tag für Tag ansehen muss. Was es für ein Gefühl ist, von vermeintlichen Freunden betrogen zu werden. Derart betrogen zu werden, hintergangen, missbraucht."

Obwohl viele Waffen auf Candice zeigten, fühlte sie sich nicht in Gefahr. Die Frauen waren zugänglich und redebereit. „Ihr habt mit dem Betman Hein angefangen. Seine Familie lässt eine Party steigen, obwohl er im ersten Stock zerfleischt im Ehebett liegt."

„Die Lotte ist ihm draufgekommen", sagte Katti. „Sie hat das Passwort zu seinem Laptop erraten und ist dabei zufällig auf Bilder und Nachrichten gestoßen, die sie besser nicht gesehen hätte. Der liebenswerte Ehemann und Vater hat als schwerbeschäftigter Gemeinderat nicht bloß dem Dorf gedient, sondern vor allem sich selbst zu einem Vermögen verholfen. Sich selbst ganz allein. Er wollte nämlich nicht mit Lotte teilen. Das hat sie so aufgeregt, da hat sie Norma um Hilfe gebeten, unsere Norma, die Lotte aus der Arztpraxis kennt. Lotte ist seit einiger Zeit wegen starker Migräne in Behandlung."

Norma stand rechts von ihr und nickte. „Ich bin nicht bloß Miras Cousine, ich kann auch gut mit Computern und anderen Menschen umgehen. Ich habe rausgefunden, wer die Idee zu diesem Betrug hatte und wer davon profitiert."

„Habt ihr alles herausgefunden?", fragte Candice leise. Sie traute sich nicht mit normaler Stimme zu sprechen. „Habt ihr alle zur Rechenschaft gezogen?"

„Beinahe", erwiderte Michaela ebenso gedämpft. „Einer der Gauner fehlt uns." Ihr Blick rutschte zu Gustav.

Er zielte mit seinem Gewehr unentwegt auf die Frauen. Eine nach der anderen nahm er ins Visier und nach wenigen Sekunden wechselte er sein Ziel. „Was redest du?"

„Du bist das letzte Opfer des Berscht", verkündete Katti. „Alle anderen haben wir gerichtet, nun bist du an der Reihe."

„Was soll der Blödsinn?", knurrte Gustav. „Ich habe den Schierler und seine Bande auffliegen lassen. Ich habe ihnen ein Ultimatum gestellt. Morgen wäre ich zur Polizei gegangen, wenn ihr verrückten Weiber heute nicht Amok gelaufen wärt. Ihr seid wahnsinnig, allesamt, total verrückt. Candice, sag's ihnen."

Candice drehte sich halb herum, damit sie beide Parteien sehen konnte, die einander gegenüberstanden. Vier Frauen gegen einen Jäger. Trotz seiner Fähigkeiten hatte Gustav keine Chance gegen diese Überzahl.

„Er hat es mir erzählt", sprang Candice ihm zur Seite. „Wie er den Schierler und den Olek im Wald belauscht hat. Wie sie sich über die Bebauung unterhalten haben und darüber, was sie mit dem Geld tun werden. Er hat das Gespräch aufgezeichnet. Das kannst du vorspielen, Gustav, nicht wahr? Hast du dein Handy dabei?"

„Das hängt daheim am Ladekabel. Akku leer", brummte Gustav. Er ließ sein Gewehr weiter von Frau zu Frau ziehen.

„Selbst wenn der Akku voll wäre", sagte Michaela, „würdest

du uns das Gespräch nur zur Hälfte vorspielen. Die Hälfte, die sich mit deiner halbseidenen Geschichte deckt." Sie zückte ihr Smartphone wie eine Pistole und hielt es mit dem Display zu Gustav und Candice. „Bei mir geht die Aufzeichnung weiter."

Fassungslos sah und hörte Candice den Schierler Hans und seinen Kumpel. Das Bild des Videos war wackelig und verschwommen. Der automatische Fokus tat sich schwer in der Unterscheidung, worauf er zoomen sollte. Mal waren die Bäume scharf, mal Schierler und der andere.

Ihr schwirrte der Kopf. Im Gespräch ging es um Häuser, an denen gebaut wurde. Geländer mussten gesetzt werden, die Sauna angeschlossen und der Pool befüllt werden. Jemand hatte eine Weltreise gebucht, ein halbes Jahr Kreuzfahrt in der besten Kabine. Geld spielte keine Rolle. Olek verlangte einen saftigen Aufschlag, schließlich zog er diese Aufträge vor und vernachlässigte dafür einige Stammkunden.

Schierler rauchte eine Zigarette und zertrat die Kippe unter seinem Schuh. „Also, Gustav, was ist los? Warum treffen wir uns hier draußen im Nirgendwo?" Olek zeigte auf Gustav. „Hast du das gefilmt? Du Idiot, hier wird nichts gefilmt. Keiner von uns zeichnet irgendwas auf, so war das abgemacht."

Gustav ging nicht auf diese Kritik ein. „Ich will vor Weihnachten in meine Villa einziehen, ist das klar?"

„Arschlecken, du Wichser. Ostern könnte klappen, vorher geht es nicht. Wir sind auch bloß zu dritt."

„Weihnachten oder ich lasse euch auffliegen." Gustav war zu sehen, wie er das Smartphone bewegte. „Der Verkauf der dämlichen Wiese ist wasserdicht und das habt ihr mir zu verdanken. Ihr mit euren Spatzenhirnen hättet gar nicht an alle Fallstricke denken können. Ich allein habe einen Vertrag aufgesetzt, der sogar der obersten Instanz widerstanden hat. Kein Gericht der Welt kann euch was nachweisen. Dafür müsst ihr euch schon erkenntlich zeigen."

„Und das Geld, das du bekommen hast?", fragte der Schierler.

„Das reicht dir nicht? Du hältst nicht einmal den eigenen Kopf hin, sondern lieferst deinen Freund, diesen Notar vom Tegernsee, ans Messer. Er hat ja alles beurkundet. Gegen dich hegt überhaupt niemand einen Verdacht. Du hast quasi Geld fürs Nichtstun bekommen."

„Weihnachten", beharrte Gustav. „Sonst geht dieses Filmchen an den Zoll. Schwarzarbeit und Steuerhinterziehung sind bei uns immer noch die schlimmsten Verbrechen."

„Ha!", lachte Olek. „Du fliegst mit uns auf, Arschloch."

„Wie denn?" Gustav schnaubte böse. „Keine Spur führt zu mir. Wenn überhaupt ein Notar auffliegt, dann ist es mein armer naiver Freund. Schade um ihn, aber dieses Opfer bin ich bereit einzugehen. Von mir, Sportsfreunde, habt ihr kein belastendes Material."

„Das Geld…", meinte Schierler Hans. „Du hast viel Geld bekommen."

Gustav lachte kehlig und trocken. „Ich war nicht so blöd, es auf Konten einzuzahlen. Das liegt versteckt an einem sicheren Ort. Ihr könnt mir nicht ans Bein pinkeln." Er musste sich räuspern, ehe er fortfahren konnte: „Ich habe für meine Villa sogar einen Kredit aufgenommen, der die kleine Erbschaft meiner Tante ergänzt. Tja, ich habe an alles gedacht."

Schierler und Olek grübelten darüber. „Scheiße", raunzte Schierler schließlich. „Du bist eine durchtriebene Drecksau, Gustav, du bist der größte Verbrecher von uns allen."

An dieser Stelle endete die Videoaufzeichnung, nachdem der Bildschirm von mächtigen Ästen verdeckt wurde.

„Handy her!", befahl Gustav und streckte die Hand aus.

Michaela warf es ihm schulterzuckend zu. „Bitte. Wenn du allerdings glaubst, das Video wäre nicht an viele andere weitergeleitet worden, bist du auf dem Holzweg. Wir haben euch nicht aus den Augen gelassen, seit Lotte die Dateien auf dem Rechner gefunden und Norma die Hintergründe aufgedeckt hat. Es gibt Dutzende Videos dieser Art, in der ihr euch um Kopf und Kragen redet. Ihr wart einfach nicht vorsichtig genug."

Candice konnte nicht fassen, was sie mit eigenen Augen gesehen und mit eigenen Ohren gehört hatte. „Gustav! Du steckst also doch mit drin! Wie konntest du! Wie konntest du einen Vorteil aus solch einem Betrug ziehen?"

Gustav murrte. „Das ist leicht verdientes Geld und rechtlich wahrlich kein Betrug. Ein völlig legales Geschäft war es."

„Eine ganze Familie ist draufgegangen. So viel Leid und Unglück!" Candice schüttelte den Kopf. Sie streckte den Arm aus und packte ihn an der Schulter. „Hast du kein schlechtes Gewissen?"

Diese Berührung brachte Gustav aus dem Konzept. Er fuhr herum und feuerte versehentlich einen Schuss ab, der das Badezimmerfenster von Candices Haus durchschlug. Gleichzeitig sprangen die Frauen auf ihn los. Billie schoss ihm in den Bauch. Candice konnte das Mündungsfeuer sehen und ihr klingelten die Ohren von dem gewaltigen Knall.

Gustav stürzte rückwärts und sein Gewehr schlitterte über den Boden. Es hätte ihm nichts genützt, denn der Berscht fiel über ihn her. Aus der Dunkelheit schoss er heran, die Pranken erhoben, an denen die säbelartigen Klauen im Vollmond funkelten. Mit einem Brüllen stürzte die Bestie sich auf Gustav und zerriss ihm das Gesicht vom Haaransatz bis zum Kinn. Die Klauen durchbrachen den Brustkorb mit einem schauerlichen Knacken. Das pochende Herz versagte seinen Dienst, als es in zwei Stücke gehackt wurde.

Mit einem Japsen hauchte Gustav sein Leben aus, während der Berscht wildgeworden und rachsüchtig hackte, metzelte, zerstückelte. Der Mann war längst tot und trotzdem sausten die Hände mit den Klingen immer wieder in den Körper. Schnitte über Schnitte. Blut floss auf die Straße und mischte sich mit dem Blut, das Candice Stunden zuvor unter dem Cabrio bemerkt hatte.

Endlich ging dem Berscht die Kraft aus. Die Hiebe waren nur mehr halbherzig, die reißenden Bewegungen richteten keinen Schaden mehr an. Heftig schnaufend hockte der Berscht vor seinem Opfer, ihr Körper hob und senkte sich unter den tiefen Atemzügen.

„Mist", murmelte der Berscht. „Mir sind drei Klingen abgebrochen." Mühsam rüttelte Mira die Klingen aus Gustavs zerschundenem Körper und behielt sie in der Hand, als sie mit wackeligen Knien aufstand.

Michaela tätschelte Mira die Schulter. „Nun ist es gut. Alle mussten daran glauben, es ist niemand mehr übrig. Der Berscht kann zurück in seine felsige Bleibe."

Candice starrte Mira an und fand nur mühsam ihre Sprache wieder. „Wo ist das Kostüm? Das Fell, der Kopf mit den leuchtenden Augen und den Hörnern? Vorhin bei Frau Minnenberg hast du das Kostüm getragen?"

Es war eines dieser Perchten-Kostüme, mit denen gleich hinter der österreichischen Grenze im Januar der Perchtenlauf gehalten wurde. Eine grausige Gestalt, dunkles Fell, leuchtende LED-Augen, Hörner auf dem Kopf. Eine rasselnde Kette um die Hüften, lange Reißzähne in der Fratze. Candice kannte den Perchtenlauf natürlich und ließ sich gerne in den Raunächten von der wilden Sippe gruseln. Nach einem Marsch durch die Stadt gab es ein großes Feuer, die Perchten tanzten klappernd, heulend und grölend umher und trieben den Winter aus. Manche Perchten trugen weißes oder hellgraues Fell, Mira immer das dunkelgraue. Sie war Mitglied in diesem Traditionsverein, seit Candice sie vor Jahren kennengelernt hatte.

„Brauchtum muss gepflegt werden", sagte Mira damals. „Unsere Vorfahren sind als Perchten oder Beaschdn durch die Nächte gezogen, da machen wir das natürlich auch." Jedes Jahr zog sie mit der Perchtengruppe umher und immer hatten sie Gastauftritte in anderen Orten.

„Daheim im Schrank", antwortete Mira auf Candices Frage. „Bei Dunkelheit macht das Kostüm echt was her, aber in der Dämmerung und bei Tageslicht taugt es nicht mal als Kinderschreck. Man erkennt sofort den geschnitzten Kopf und die LED, die in den Augen stecken. Bei Tag klingt das Gebrüll aus der Audio-Datei auch nicht schrecklich, sondern eben wie das künstliche Gemisch einiger Raubtierstimmen."

Sie nickte zum Horizont hin, wo ein Silberstreif den nahen Tag ankündigte. „Es dämmert längst. Die Nacht ist vorbei."

Kapitel 10

Die schwarzgrauen Wolken, die sich in der Nacht herangeschoben hatten, ließen sich von einem Silberstreif nicht aufhalten. Binnen Minuten prasselte ein heftiges Gewitter auf das Dorf herab mit dicken Regentropfen und einer Regenmenge, die die Gullys nicht sofort schlucken konnten. Bald standen die Straßen einige Zentimeter unter Wasser und die Polizei, die angerückt war, blieb erst einmal im Auto sitzen.

So plötzlich, wie es angefangen hatte, hörte es wieder auf. Die Wolken lösten sich auf, das Gewitter verzog sich, die Sonne spitzte hervor und brachte die Tropfen auf Autos und Dächern zum Glitzern.

Die Kirchenuhr schlug erneut zehn Uhr, was den beiden Polizistinnen ein irritiertes Kopfschütteln entlockte. Eine warf einen Blick auf ihr Handgelenk und murmelte: „Kurz vor sechs. Eure Uhr ist hinüber."

Die andere Polizistin hockte neben dem Hundekadaver, der nahe bei Gustavs Leiche lag. Sie betrachtete das tote Tier eingehend und machte Fotos davon. Eine Ärztin kniete neben Gustav und untersuchte ihn flüchtig. Sie trug Handschuhe und schien ihn trotzdem nicht anfassen zu wollen.

„Und?", fragte die Polizistin. „Was meinen Sie? Hat das Unwetter viele Spuren verwischt?"

Die Ärztin verzog das Gesicht und gleichzeitig die Schultern bis fast zu den Ohren. „Man braucht kein Profi zu sein, um die Schwere der Verwundungen zu erkennen. Der Mann ist am hohen Blutverlust und wahrscheinlich am Schock gestorben. Der Hund hat ihn komplett zerfetzt. Auch ohne den vielen Regen wäre die Blutlache gewaltig." Sie hatte einen Block und einen Stift griffbereit. „Ich schreibe den Totenschein aus. Nichtnatürlicher Tod. Hundeattacke."

Die Polizistin musste nachdenken. „Dann können wir ihn und die anderen gleich in die Rechtsmedizin bringen lassen. Na, die werden sich freuen. Die meisten Kollegen im Urlaub und die Chefin in Elternzeit."

Die Ärztin kritzelte auf dem Block herum. Ihre Schrift war kaum lesbar. „Norma schafft das schon. Das ist Standardarbeit, so grausam es auch aussieht." Sie stutzte. „Wo ist sie überhaupt? Ich dachte, sie würde hier sein? Wissen Sie, sie hilft mir in der Praxis aus, wenn mich die Termine überrollen. Norma Zervis?"

„Weiß ich doch", sagte die Polizistin. „Sie ist mit den Kollegen unterwegs. Der Hund hat ja nicht nur diesen Mann getötet, sondern weitere Menschen zerrissen. Das halbe Dorf ist betroffen. Ich glaube ja", stupste sie den toten Hund mit dem Schuh in die Seite, „der war tollwütig. An den Lefzen klebt immer noch dieser komische Schaum."

Candice ging nicht aus dem Kopf, wie im ersten Donnergrollen Beate einen Schubkarren herangebracht hatte. In der Ladefläche lag der tote Hund. Es war der große wilde Wolfshund von Familie Müller, dem Gustav schon öfter den Tod angedroht hatte, weil er nach Menschen schnappte und einem Wolf so ähnlich schaute und frei in der Gegend herumlief. Er hatte andere Hunde gebissen und dem kleinen Tom fast die Hand abgetrennt. Eine blutrünstige Bestie war er.

„Endlich!", seufzte Michaela angesichts des Schubkarrens mit dem Hundekadaver. „Die Brücke ist behelfsmäßig befahrbar, die Kabel sind angeschlossen und die Bürgermeisterin hat natürlich längst nach der Polizei telefoniert. Die müssen jeden Moment kommen. Außerdem zieht ein Gewitter auf."

Geschwind packten Beate und Michaela den Hund und wuchteten ihn aus der Karre. Sie schleppten ihn neben Gustav und zerrten seine Pfoten durch Gustavs frische Wunden. Sie ließen den Hund auf die Leiche fallen und wälzten ihn, damit das Blut ins Fell vordrang. Schabend und kratzend knirschten die Krallen durchs zerrissene Fleisch, es hörte sich fürchterlich an und ließ Candice schaudern. Michaela packte die Kiefer des Hundes und zwang sein Gebiss in Gustavs offene Wunden. Bald waren die Zähne blutbesudelt.

Beate zerrte den toten Hund und Gustav ein Stück zurück. „Ich habe den Hund hier erschossen, direkt neben Roberts Cabrio. Rund um Gustav muss sich eine große Pfütze bilden, sonst werden die Bullen beim ersten Blick misstrauisch." Sie ging auf die Knie und fischte unter dem Cabrio herum, bis sie die Messerklinge erwischte, die dort schon lange gelegen hatte. „Das muss auch verschwinden. Mira hat es nach dem *Besuch* bei Betman verloren."

„Wer hat geschrien?", wollte Candice wissen. „Ich habe nicht bloß einen Schuss gehört, jemand hat fürchterlich geschrien." Es war dieser Schrei, der sie in das Geschehen verwickelt hatte.

„Das war Frau Müller", seufzte Beate. „Sie wusste zwar von unserem Plan und sie war einverstanden, aber als der Hund erschossen wurde, hat sie trotzdem geschrien. Sie hing halt an der dämlichen Misttöle." Beate reichte Billie ein Gewehr. „Hier, das ist deins. Die Bullen werden es sicherstellen wollen, wenn du ihnen sagst, du hättest das wilde Tier damit zur Strecke gebracht."

Candice war verblüfft. „Wie viele Gewehre hast du?"

„Vierundzwanzig." Billie musste nicht lange nachdenken. „Alle registriert und legal." Sie legte das Gewehr an und berührte es an allen möglichen Stellen mit den Händen, damit ihre Fingerabdrücke überall waren. Sie lud es neu und feuerte einen Schuss ins Gebüsch ab. „Damit ich auch genug Schmauchspuren an den Händen habe", sagte sie. „Falls die Bullen das prüfen." Ein Blitz zuckte an der dunklen Wolkenfront entlang, es begann zu regnen.

Die Polizei prüfte Billis Hände auf Schmauchspuren. Während eine Polizistin Candice zu den Ereignissen befragte, war die andere mit Billie zugange. Fragen über Fragen. Immer wieder.

„Sie sind den Weg hochgekommen?", fragte die Polizistin.

„Hatten Sie keine Angst vor dem wilden Tier? Die Leute, die wir bisher befragen konnten, hatten sich alle in den Häusern verschanzt, weil sie der Meinung waren, es sei ein Wolf umher."

„Ich hatte Sorge um Lotte", sagte Candice heiser. „Mit dem Angriff auf ihren Mann ging es ja los. Die Bestie war in ihrem Haus und sie hat doch Kinder und ist allein mit denen. Ich habe mir Sorgen gemacht und bin diese Nacht öfter bei ihr gewesen."

„Weil sie grundsätzlich ein gutes nachbarschaftliches Verhältnis pflegen?", fragte die Polizistin.

Candice nickte. „Man hört ja immer die Experten im Fernsehen, die einem sagen, wie ungefährlich ein Wolf sei. Der halte sich fern von Menschen und greife nicht an."

„Sie kamen den Fußweg hoch?"

„Genau", sagte Candice. „Ich hörte Gustav schreien und joggte hoch. Als ich hier ankam, waren die Frauen auch da. Billie hat mit ihrem Gewehr angelegt und den Wolf – den Hund – erschossen. Die kamen aus der Straße zum Weiher gelaufen, die Frauen. Anscheinend haben sie oben am Weiher nach dem Wolf gesucht. Nach dem Hund. Es ist ja ein großer Wolfshund."

„Wie viele Schüsse hat es gebraucht?", wollte die Polizistin wissen. „Können Sie sich erinnern oder fällt es Ihnen schwer?"

„Ich glaube, es war ein einziger Schuss."

„Sehr laut?"

„In meiner Erinnerung macht er gar kein Geräusch. Das habe ich wohl ausgeblendet."

„Was tat der Hund?", fragte sie weiter.

„Er war über Gustav." Candice machte rudernde Bewegungen mit den Armen und hatte dabei die Finger zu Krallen gebogen. „Er fetzte, riss, zerrte. Gleichzeitig schnappte er mit den Zähnen. Er knurrte und bellte."

„Er bellte?"

„Irgendwie klang es wie ein Bellen", meinte Candice. „Er bellte, knurrte, geiferte. Er hat auch gejault und gequietscht." Sie guckte skeptisch.

Candice atmete tief durch. „Natürlich hielt ich den Hund für einen Wolf. Sehen Sie sich das Fell an. Dunkelgrau mit schwarzen Schlieren. Zottelig. Der Hund ist riesig. Ein Schoßhündchen ist das auf keinen Fall. Selbst jetzt, wo das Tier tot auf der Straße liegt, würde ich es eher für einen Wolf als einen Hund halten. Mir ist beim Anblick der Bestie der Schreck in alle Glieder gefahren."

„Nachdem Billie geschossen hatte..."

„...brach das Unwetter los." Candice zeigte Richtung Berge, wo die kümmerlichen Reste der dunklen Wolken festhingen. „Ein fürchterliches Gewitter. Ich fürchtete schon, es käme so schlimm wie das letzte Unwetter, das alles im Dorf kaputtgeschlagen hat."

Die Polizistin suchte etwas in ihren Notizen. „Nachdem Frau Beatrix Kindling geschossen hatte..." Sie musste auflachen. „Entschuldigen Sie bitte, für mich ist es Billie. Wir kennen uns aus der Schule, sind beide im ersten Anlauf durch die Realschulprüfung gefallen."

Billie, die das gehört hatte, zuckte die Schultern. „Trotzdem ist was aus uns geworden, oder?"

Die Polizistin lachte zurück und wandte sich wieder Candice zu. „Als Billie geschossen hatte, fiel der Hund gleich tot um?"

Candice nickte. „Blattschuss."

„Sie hat früher schon gut schießen können", erinnerte sich die Polizistin. „Wir waren im Schützenverein und Billie ist zweimal hintereinander Schützenkönigin geworden." Sie kam zum Thema zurück. „Wer war außerdem anwesend?"

Candice zeigte auf die Truppe. „Michaela, Katti und Norma. Norma ist mit Ihren Kolleginnen zu einem anderen Todesfall. Zum Imker oder zur Flesica. Das weiß ich nicht." Candice ließ Mira außen vor. Sie war gleich nach der Tötung Gustavs zu ihrem Haus gelaufen und verbarg sich dort. Niemand hatte sie in Verdacht.

„Ja, es gibt bedauerlich viele Todesfälle. Der Hund hat ganz schön gewütet." Die Polizistin schrieb ihre Notizen weiter.

„Gustav hat auch geschossen", fiel es Candice ein. „Er hat den Hund wohl kommen sehen und versucht ihn zu erlegen. Dabei ist die Kugel in mein Badezimmerfester geschlagen." Sie zeigte zum Haus, wo im ersten Stock deutlich sichtbar eine zersprungene Scheibe zu sehen war.

Die Polizistin schrieb es auf. „Das wird sich unsere Ballistikerin ansehen. Sind Sie im Laufe des Tages daheim?"

Aus einem Funkgerät kam die knarzende Stimme eines Mannes: „Hier Küster. Möchte Meldung machen, was Doktor Zervis meint. Ihrer Ansicht nach hat der Hund die acht Personen getötet, die sie untersucht hat. Das war eindeutig diese wahnsinnige Bestie. Sollte auf Tollwut untersucht werden. Falls die Seuche eingeschleppt wurde, müssen Maßnahmen ergriffen werden."

„Hier Al-Fami", sagte die Polizistin ins Funkgerät. „Wir haben den Hundekadaver hier liegen. Ich gebe ihn zur Untersuchung ins Institut und werde einen Test auf Tollwut verlangen. Sonst alles okay?" Sie zögerte. „Ich meine, Ihr Sohn wohnt doch hier im Ort mit seiner Familie?"

„Da ist alles okay", antwortete Küster durchs Funkgerät. „Ich habe gleich angerufen. Alle sind wohlauf. Sie haben das Haus seit gestern Abend nicht verlassen. Sie haben sich verbarrikadiert, wie alle anderen auch. Vielen Dank fürs Nachfragen. Ende."

„Ende", bestätigte Al-Fami und legte das Funkgerät zurück in den Streifenwagen. „Wenigstens eine gute Nachricht."

Die andere Polizistin stupste Candice am Arm, als hätte sie auf vorherige Ansprachen nicht reagiert. „Können wir Sie erreichen, falls wir Nachfragen haben?"

Candice diktierte ihre Telefonnummer und damit war sie entlassen. „Wenn Sie gestatten", sagte sie, „würde ich nach meiner Nachbarin sehen?"

„Bitte", nickte die Polizistin. „Sie sind völlig frei in Ihren Bewegungen." Sie drehte sich zu ihrer Kollegin um. „Kaddla, wenn du hier allein zurechtkommst, würde ich gleich nach Familie Betman schauen? Die wohnen den Fußweg runter rechts in Nummer zwei."

Die Polizistin schickte sie mit einer Handbewegung weiter. „Geh ruhig. Ich bin fast fertig hier."

Billie wischte sich die Hände an einem Tuch ab, während Michaela in einem nicht enden wollenden Redeschwall der Polizistin die Ereignisse der Nacht erzählte. Verwirrend durcheinander und ohne jeglichen Zusammenhang, genauso wie Zeugen das machten, denen das Gehirn Erinnerungen nicht in chronologischer Reihenfolge lieferte.

Candice ging neben der Polizistin den Fußweg entlang. Auf dem Gras in ihrem Garten glitzerten die Regentropfen, die vom Gewitter übrig waren. Angeblich hatte erneut ein Blitz in den Kirchturm eingeschlagen. Auf der Terrasse, auf der Decke, die Candice beim Sternschnuppenschauen um die Schultern gehabt hatte, lag in aller Gemütlichkeit Beates fette Katze und döste.

„Das war eine üble Nacht", sagte die Polizistin. „Ausgerechnet heute Nacht, wo die Brücke getauscht und das

Dorf von der Außenwelt abgeschnitten war. Alle dachten, es passiert schon nichts. Das haben die Experten so berechnet. Die Wahrscheinlichkeit für ein Desaster lag bei weniger als einem halben Prozent. Ausgerechnet heute flippt der damische Hund aus und läuft Amok."

„Der Gustav", sagte Candice, „hatte den Hund schon lange im Blick. Er läuft so oft ohne Aufsicht umher und steht wohl im Verdacht, eines der Lämmer oben auf der Weide gerissen zu haben."

„Ja, ja", murrte die Polizistin, „den unseligen Vorfall habe ich selbst aufgenommen. Ich hätte damals auf den Wolf getippt, der in der Gegend umherstreift. Einem Hund traut man so etwas ja nicht zu, aber die Sachverständige konnte nur Hunde-DNS finden. Es war ein Hund, der das Lamm gerissen hat. Man wird herausfinden, ob es derselbe Hund war."

Sie standen an Lottes Haus und klingelten. Als sie öffnete, war von der nächtlichen Party nichts zu sehen oder zu ahnen. Sie wirkte müde. Die Augen lagen in tiefen Schatten, das Haar stand ihr wirr vom Kopf und der Morgenmantel, den sie trug, war auf links gedreht. „Entschuldigung", krächzte sie. „Die Ärztin hat mir ein Beruhigungsmittel gegeben. Mir ist ein bisschen schwummrig."

„Ich weiß", sagte die Polizistin. „Sie meinte, ich könne durchaus mit Ihnen sprechen. Tut mir leid, ich muss Sie baldmöglichst befragen."

Tatsächlich war die Ärztin erst bei Lotte und versorgte sie, ehe sie nach oben an die Straße kam und sich um Gustavs Leiche kümmerte. Die Polizistinnen machten es andersrum. Die tauchten bei Gustav und dem toten Hund auf und erst jetzt bei Lotte.

„Brauchst du was?", fragte Candice Lotte. „Soll ich dir Frühstück machen?"

„Die Jungs schlafen." Sie bat den Besuch mit einer Handbewegung ins Haus. „Es war eine fürchterlich lange Nacht für die Jungs. Ich bin froh, wenn sie ein paar Stunden schlafen können. Der Leichenwagen hat Hein erst abholen müssen, ehe sie zur Ruhe kamen."

Die Polizistin, mit der sie sich an den Esstisch setzten, forschte nach, wie das Tier ins Haus kommen konnte. Lotte erzählte, wie Candice sie wegen eines Geräuschs angesprochen hatte und sie auf Ursachenforschung gegangen waren. „Da habe ich die Tür nicht ins Schloss gezogen, sondern nur angelehnt. Ich wollte ja gleich wieder da sein und im Dorf kann man jederzeit unbesorgt die Tür offenlassen." Sie seufzte. „Da muss der Wolf ins Haus gekommen sein. Er flitzte die Treppe hoch, fand Hein im Schlafzimmer und es war alles zu spät, als ich zurückkam. Da war der Wolf längst über alle Berge."

„Ein Hund", verbesserte die Polizistin. „Wie sich herausgestellt hat, war es ein Hund."

„Ein Hund?", machte Lotte große Augen. „Welcher Hund?"

„Der von Müllers. Der bissige Köter von Müllers", sagte Candice.

„Der war seit jeher gefährlich." Lotte nickte schwerfällig. Sie zog die Hände in die Ärmel ihres Morgenmantels zurück. „Seitdem er dem kleinen Tom so übel in die Hand gebissen hat, war das Vieh mir nicht mehr geheuer. Einen solchen Angriff auf Erwachsene hätte ich ihm trotzdem nicht zugetraut. Mein Mann war ja viel größer als der Hund." Sie

presste die Augen zusammen, bis Tränen darin standen.
„Hein hatte keine Angst vor Hunden. Er wird sich nichts
gedacht haben, als der Köter plötzlich im Schlafzimmer stand.
Wir haben ihn vorher ein paarmal aus dem Garten jagen
müssen, den dämlichen Köter. Hat uns immer in die Beete
geschissen. Der hatte ja kein Benehmen."
„Wo waren die Kinder zum Zeitpunkt des Angriffs?", wollte
die Polizistin wissen.
„Im Moos. Der Kindergarten hat ein Lager aufgeschlagen, um
die Sternschnuppen zu schauen. Da haben sie mitgeholfen.
Ich hatte meinen toten Mann schon gefunden, als das Lager
aufgelöst und die Kinder nach Hause geschickt wurden."
Lotte wirkte unendlich zerbrechlich und zerknirscht. „Eine
Tragödie. Stellen Sie sich vor, was geschehen wäre, wenn der
Hund die Kinder gefunden hätte? Vierundzwanzig
Kindergartenkinder. Ein Blutbad hätte es gegeben. Ein
schlimmeres Blutbad als es ohnehin schon ist."
Candice ging sich nützlich machen und kochte in der Küche
eine Kanne Tee für Lotte. Sie fand eine Packung Kekse und
legte sie auf den Teller, damit sie etwas in den Magen bekam.
Nebenan hörte sie die Polizistin reden: „Bei einer
nichtnatürlichen Todesursache muss zwangsläufig eine
Obduktion vorgenommen werden. Wahrscheinlich kann die
Leiche Ihres Mannes am Montag für die Bestattung
freigegeben werden. Es gibt ja keine Zweifel an der
Todesursache, die Obduktion ist Routine."
„Wir sind streng gläubig", wisperte Lotte. „Eine Obduktion
widerspricht völlig unseren Glaubensgrundsätzen."
„Es lässt sich leider nicht vermeiden", sagte die Polizistin. „Da

steht das weltliche Gesetz über dem der Kirche. Die Obduktion wird von Doktor Zervis durchgeführt. Sie kennen Frau Doktor Norma Zervis? Sie wohnt hier im Ort und hilft hin und wieder in der Praxis im Nachbarort aus."

„Eine einfühlsame Frau", nickte Lotte. „Am Weihnachtsmarkt verkaufen wir immer gemeinsam den Punsch im Namen des Pfarrgemeinderates. Um Spenden für arme Kinder zu sammeln." Sie wischte sich über die Augen. „Es muss ja sein. Die Obduktion muss ja sein. Der Herrgott wird Verständnis dafür haben."

„Bestimmt", lächelte die Polizistin gezwungen.

Lotte dankte für den Tee und die Kekse. „Wenn ich das Gespräch mit dem Bestatter führe", hauchte sie mit schwacher Stimme, „kommst du mit? Ich möchte das nicht allein tun und du bist ja meine liebe Nachbarin."

„Selbstverständlich." Candice legte ihr den Arm um die Schultern. „Ich komme natürlich mit. In dieser schweren Stunde lasse ich dich nicht allein."

„Danke", hauchte sie.

Die Polizistin packte ihren Notizblock zusammen und verabschiedete sich. „Mein aufrichtiges Beileid, Frau Betman. Alles Gute für Sie und Ihre Kinder."

Langsam schloss Lotte die Tür hinter der Polizistin. Sie lehnte sich von innen dagegen, atmete tief durch und rieb sich mit den Händen übers Gesicht. „Danke", sagte sie mit einer Stimme, die völlig gefasst und sicher klang. „Du brauchst nicht mitzukommen zum Bestatter. Ich schaffe es schon allein, die Drecksau von Ehemann unter die Erde zu bringen."

Sie ging zurück ins Esszimmer, gar nicht mehr wackelig auf

den Beinen. Den Tee schüttete sie ins Spülbecken, stattdessen holte sie eine Flasche Sekt aus dem Kühlschrank und mehrere Gläser aus dem Schrank. „Die anderen kommen, sobald die Bullen weg sind. Das dürfte nicht mehr lange dauern." Sie ließ den Korken aus der Sektflasche ploppen. „Es hat alles wie am Schnürchen geklappt und ich vermute mal, du wirst genauso dichthalten wie alle anderen auch. Erst hatte ich meine Zweifel, weil du nach dem Schuss und dem Schrei so aufgelöst warst, aber mittlerweile denke ich, du stehst auf unserer Seite."

In ihrer Tasche spürte Candice die Kralle, die sie vor einigen Stunden aus Lottes Schlafzimmerwand gefriemelt hatte, plötzlich wie ein Beweisstück gegen ihre Bauchseite pieken. Sie tastete danach. Es war Miras Kralle und sie fehlte jetzt am Kostüm, aber vielleicht würde sie ihr die Kralle nicht zurückgeben, sondern wie ein Mahnmal behalten.

Lotte goss Sekt in ein Glas und reichte es Candice. „Wenn auf die Gerichtsbarkeit kein Verlass ist, muss man sich eben selbst helfen."